AF579563

# La memoria de un esquizofrénico
## El alma y el yo

Marco Alejandro Herrera

EDIQUID

LA MEMORIA DE UN ESQUIZOFRÉNICO
El alma y el yo


Editado por: Corporación Ígneo, S.A.C.
para su sello editorial Ediquid
José Olaya 169, Ofic. 504, Miraflores. Lima, Perú
Primera edición, mayo, 2024

ISBN: 978-612-5142-53-5
Impresión bajo demanda

Hecho el Depósito Legal en la Biblioteca Nacional del Perú N° 2024-02126
Se terminó de imprimir en mayo del 2024
ALEPH IMPRESIONES SRL
Jr. Risso Nro. 580 Lince, Lima

www.grupoigneo.com
Correo electrónico: contacto@grupoigneo.com | Teléfono: +51 955 071 270
Facebook: Grupo Ígneo | X: @editorialigneo | Instagram: @grupoigneo



Colección: Nuevas Voces

# Contenido

# Dedicatoria y agradecimiento

El presente abanico de poemario lleva por nombre, *La memoria de un esquizofrénico*, texto que nace por necesidad cognitiva y emocional de la personalidad. El desarrollo del libro se hizo notar en los primeros días, después de la ruptura amorosa entre la esposa y el «Yo». La primera vez que se llevó a cabo la ecografía para visualizar el texto embrionario, sentí el alma a través de los sentidos de la personalidad.

Se puede visualizar para entender el sentimiento precedente a la primera parte en el desarrollo del libro, en la oda *Flor del cerezo*, carta escrita a mamá. Por lo que desde lo profundo del afecto hasta donde ha llegado el alma, doy gracias a la vida por mantener en la escritura al sujeto bajo el regazo del sistema solar.

También se la dedico a usted, mujer y hombre, que me enseñó su verdad, les estoy inmensamente agradecido por ser la brújula y guía del destino al que está el sujeto en la vida. Asimismo, se lo dedico a toda mi familia, especialmente a mi hijo adolescente, Sean Dylan Alejandro Schuldt, por hacer que tenga la dicha de recordar y sentir «que el límite no es el cielo». A mi esposa, Joselyn Alexandra Schuldt Duchi, por ser la que me sostiene en los momentos más caóticos. Para mis padres, Marco Vinicio Alejandro Samaniego y especialmente a Cecilia de Lourdes Herrera Pardo, mi madre, por enseñarme que la inteligencia emocional es la verbena y la ambrosía para calmar el dolor del sujeto humano. Por último, y no menos importante, a mi hermano, Juan Pablo Herrera Pardo, quien me enseñó desde muy temprana edad que una sonrisa puede llenar la inmensidad.

# Nota del autor

Malcriadito es una personalidad que posee pensamientos, emociones, conductas o comportamientos. Tríada u objeto que es atravesada por el alma. Malcriadito es, usando el término que utiliza Yuval Harari en su texto *De animales a dioses*, un *homo sapiens* de ánimo invencible y voluntad inquebrantable.

Como toda historia, la siguiente transcurre en una época, el siglo XXI. Época en la que ya nada se esconde bajo el sol. Término *nada* para referir a la naturaleza de los objetos. En su contraparte *todo* para referir a la proyección del «Yo». Es decir, época en que la ciencia y la tecnología han hecho y siguen realizando descubrimientos arqueológicos debajo de las piedras y en el fondo del mar de la consciencia. El alma es un término de la ciencia psicológica. Como tal, la psicología está compuesta de los afijos *psico* que remite de la voz griega *alma* o *actividad mental*. Y *logos* que proviene del vocablo griego que se traduce al español como *ciencia, estudio* o *tratado*.

La escritura es el hogar de un escritor, el medio por el cual, menciona Jorge Luis Borges acerca del arte, el ser o el alma no se siente desdichada. Los poemarios transcurren en la lectura con el «Yo», en la naturaleza de los objetos. Cada poema lleva al lector por el discurso de una prosa que permite ver, mediante los delirios y las alucinaciones auditivas, las modificaciones por las que se atraviesa al más allá para llegar a la organización del sujeto del que menciona Jaques Lacan. Camino de transformación de la conducta que por inercia se da al operar el alma.

# Verborrea

Amado lector, de antemano, infinitas disculpas, el presente poemario carece de cualidades que hacen de un libro, en la actualidad, el aroma de la primavera en cualquier estación del año, por ejemplo, textos con la prosa y el don de mostrar varios pasajes al alma desde un solo puente de Nietzsche. O la agudeza de penetrar de Freud, al infierno del que menciona Dante, al inconsciente. O también Krishnamurti con discursos descritos referentes al despertar de la consciencia.

La siguiente lectura es la resignificación de la experiencia, se opera la ficción descrita del conocimiento del alma, mismo que se concibe, por el momento, en la memoria del alma compartida y la propia experiencia del «Yo». El objetivo del manuscrito es modificar la personalidad de Malcriadito mediante el ejercicio físico con las palabras para el desarrollo de la *noesis*.

El fin de los textos líricos, a las orillas de la contraportada, en la espuma, es leer el «Yo», trascender en dirección vertical, palabra tomada del vocabulario del psiquiatra chileno Claudio Naranjo. Por tanto, el poemario está diseñado para el lenguaje del sujeto, y debe leerse en el presente independientemente de la estación del año en la que nos encontremos. Es decir, aquí y ahora, entre el punto medio de un extremo del pasado y del otro extremo, el futuro.

Las referencias de tránsito durante la lectura permiten que este humilde escrito no esté exento de algún siniestro entre el alma y el «Yo». Sin embargo, como veréis a lo largo y ancho de este delirio, las nubes seguirán el paso, la tierra girará como un trompo, el cielo se hará más celeste y en el horizonte aparecerá el arcoíris, luego de una breve garúa.

En los discursos sobre la vida, a sujetos adolescentes de sexo masculino y femenino, que en la actualidad mantiene el sujeto adulto de sexo masculino José Mujica. Hace mención a la palabra *amor*, recurso cognitivo-emocional para una vida relativamente sana, estable y agradecida con uno mismo, los otros y las demandas del mundo. La experiencia del expresidente de Uruguay supera los límites de la razón del «Yo» en la especie humana contemporánea.

Para Harari, el desarrollo de las crías en otras especies es similar a la que se da entre el *homo sapiens*, crecer o sobrevivir a la naturaleza va a depender de factores como la relación parental o la manada, de las normas o leyes, el alimento, de variables como la voluntad, la salud, la suerte y de la época del tiempo. Entre otros factores o variables que influyen para que la cría llegue al desarrollo del macho adulto. No de Dios.

Hago nudo para conectar las ideas, sin sentido, que se ajustan a las previas sogas. Utilizo el amor práctico, cuerda de la cultura latina que mantuvo vivo el «Yo», recurso cognitivo-emocional para ajustar las perlas de color dorado y negro que hacen brillar la literatura, en la reunión del sol con el siguiente grito de inicio: ¡A. D. R.! «¡La mejor pelea se gana sin pelear!», frase prestada de la experiencia en los juegos con palabras de hombres y mujeres libres como el león en la sabana.

Sin más preámbulo doy paso al poemario, *La memoria de un esquizofrénico*, en otras palabras, bienvenido al sendero por donde transita el alma del autor. No obstante, el camino es infinito, y el presente poemario puede ser leído por todo quien se interese por el ámbito del sujeto, y no solo para el profano intelectual que busca el sentido del manuscrito mediante el análisis de la personalidad en la lectura de las palabras.

Como última acotación *a priori* de que el calor de los dedos haga erizar las manos. Existen infinitos senderos para llegar al sujeto del ser humano, el de aquí solo es el camino de la «verdad» y el dolor. Un grano de arena en la profundidad de la consciencia del *homo sapiens*.

«La vida, la paz y el amor».

# Remitir

Buen día, estimado lector, escribo la siguiente epístola por el motivo de ser el alba y no la aurora que besa el alma por los ojos, la mejor etapa en la vida para iniciar el día. A la distancia y el folio como hilo conductor del sonido, con amor paternal, envío un fuerte y caluroso «abrazo de oso», ¡de esos que hacen fuerte los huesos y llenan el corazón de alegría!

Gracias a la sopa de letras hoy es un día de esos que solo provocan hablar, escribir y desayunar. Usted entiende, ¿verdad?, ¿está usted lejos o quizá está cerca? Nos separa el tiempo y el espacio. Desde temprana edad el sujeto se escabulle y desayuna, almuerza y cena junto a una buena compañía en el estanque del patio. Sabrá usted, a las papilas gustativas les agrada sentir el alimento bailar al masticar de los dientes, al «Yo», debido a la edad del alma, bailar con la mirada entre la sensación de vacío.

Si está escuchando, tiene razón, no es impedimento desplazar el deseo de un sujeto a otro objeto, ya que por naturaleza «el síntoma se moviliza». No obstante, cada vez que las manos fabrican una epístola para el alma, el corazón se alimenta de gozo y todo parece posible, hasta ser dueño de la eternidad.

Le comento, amado lector, que sistemáticamente con los años y el tiempo, el «Yo» ha ido otorgando mediante la herencia genética, al sujeto masculino y femenino, la convicción y el desarrollo del lóbulo frontal, de estar dispuesto a colocar las manos al fuego por la existencia del alma o la Unidad, la que menciona el neurofisiólogo Jacobo Grinberg en los discursos de las investigaciones llevadas a cabo por él mismo y sus colaboradores. En la que menciona al estado de consciencia en comunicación con la Lattice capaz de materializar órganos, sanar enfermedades, hacer milagros, crear realidades, etc.

Esto, amado compañero del alma, no es casualidad. Es una bonita mañana para dialogar. Un milagro.

Con amor,

La superficie del estanque.

# Filibustero de los siete mares

Hasta este punto seguramente muchos, sobre todo conocidos, se preguntarán: ¿para qué escribo cartas? ¿o para qué utilizar la herramienta que sirve para la evolución cognitiva y emocional, el lenguaje del alma o la escritura, como medio para expresar mediante el arte el sujeto? Si en la actualidad, *nada* no se esconde y *todo* se está guardando o tecleando en archivos inteligentes como las computadoras, teléfonos, entre otros dispositivos electrónicos.

Maestro(a), tengo que comentar que estar junto al escritorio no es tan desagradable, el papel soporta el peso de todo pensamiento y emoción. El significado ha dejado de tener sonido por el exceso de palabras escritas, la paradoja es que el resignificado es el sonido de un disco rayado, da abrigo, a todo volumen, igual que el frío en la noche sin afectar de manera negativa las células del cuerpo humano. Más bien las estimula al desarrollo, entre ello, al cognitivo, área cortical que permite suprimir los impulsos enviados por la amígdala para dar una mejor respuesta en momentos de crisis emocional.

Voy a lanzar la botella al mar, hay un túnel hecho por ratas que sale a la cubierta, con el tiempo se volvió el medio donde llega todo lo que entra y sale del camarote. Una hoja cada treinta y un días, y un pedazo de carbón cada cuarenta días, tiempo suficiente para pensar, por lo que he bebido el tiempo completo de la botella en doce semanas para tener el folio y el carbón necesario para expresar en el eco del recipiente, en lenguaje escrito, ¡te amo!

Una vez descorchado el tapón…

Lo que acabas de escuchar es el sonido del mar. No se asuste, no es un fantasma o una maldición, solo es el sujeto que canta como canta el mar dentro de una caracola. Es solo un fenómeno mágico de la vida. Mucho viento.

Tengo dos opciones maestro(a), seguir en este lugar, testado de humedad y goteras de agua, sin hacer algo para que el sujeto pueda trascender en línea vertical y horizontal. O seguir adelante, claro está, sin salir de la elipsoide terrestre que moviliza el sujeto. Para sincerarme a la edad de treinta y dos años, la razón siempre tiene la razón. No es usted, es el «Yo».

Desde que estoy en este lugar, las palabras han sido la mejor compañía. Leo a tientas. La parte más sólida de la edificación o de estar aquí, en el delirio, son las historias. Por ejemplo, le comento brevemente la historia que aúlla entre las líneas como un lobo a la luna en una noche oscura de Viktor Frankl, se desarrolla en un campo de concentración, durante tres años. El doctor pasó de ser un próspero sujeto masculino, a debatirse entre la vida y la muerte de la materia, le quitaron todo, literalmente. Menciona el «solo soy un número», el hogar, la salud, la familia, los amigos, los apuntes científicos, la profesión, etc. Lo fascinante de la vida es que pese a las odiseas por las que atravesó, descrito en braille para el alma en su texto *El hombre en busca de sentido*, el sujeto masculino o femenino es capaz de adaptarse a cualquier ambiente incluso hasta en las peores condiciones para lo que solo se necesita cruzar las vallas del pensamiento.

Me parece curioso cómo la imaginación o el experimentar una activación psicofisiológica mediante la imagen mental de la sonrisa del familiar o de un alimento en medio de hambre, del calor y frío, o tener, ilusoriamente, siempre presente una meta a concretar, puede llegar a determinar quién mantiene viva la esperanza, de volver a salir vivo del campo de concentración, más allá de las condiciones en que objetivamente se esté en el momento.

Para la siguiente referencia me gustaría mencionar en un breve párrafo al primo Maicol Duchi. Es un sujeto joven de sexo masculino no vidente. Lee con los dedos mejor de lo que puedo leer con los ojos y dedos a la vez. Con la sensibilidad a los bordes del folio se puede llegar a comprender lo relevante que es la historia, en la vida, para el desarrollo del sujeto. El trabajo constante de Gloria Duchi permitió el desarrollo relativamente independiente del sujeto, dentro de una cultura que carece de la empatía sobre un sujeto de sexo masculino o femenino autista.

Junto al soliloquio, al fondo en el horizonte, pasa un rayo. Simboliza que va a amanecer, sale de los ojos agua que no permuta el «Yo». Lloro sin saber si es un acto divino o solo estoy autosugestionado por describir la verdad del alma que mora en el templo del *homo sapiens*.

Los hermanos de mamá, yendo hacia la Virgen del Cisne, Loja, Ecuador. Comentaron el mito acerca del viajero devoto:

Cansado por el camino bajo el sol, la oscuridad, la luna y las estrellas. Dicen que recostó su cabeza, al vacío, cerró los ojos y exclamó:

«Déjame llegar a mi destino, a la morada de Dios, Virgen santísima. Tengo mucha sed, vengo con un propósito, ir hacia tu corazón. Solo deseo cumplir con la promesa que hice...».

Luego, por arte de magia, como si hubiera seleccionado el lenguaje correcto para abrir la caja fuerte que guarda el secreto del sujeto, comenzó a descender agua del alma de la naturaleza.

La familia culmina diciendo al unísono:

«De esta manera cae por las rocas de agua, agua».

Al colocar, con lupa, a las palabras menos cerca de la falacia y más cerca de la verdad se produce el fenómeno: oxígeno, calor o temperatura, combustible y una reacción en cadena, del incendio.

El corazón se hincha con dicha al escribir, amado lector. También, debe saber que en momentos en los que suenan los tambores, la madera arde y la oscuridad brilla por las estrellas, en este momento nacen las historias, una mejor que la otra.

Sin tejer la vida con historias, la vida no tiene sentido.

¡Interesante! ¡Verdad!

La historia que ahora voy a describir rápidamente, es la que más resuena en el caudal de la memoria que pasa por el pensamiento. Se complica gastar tres preciosas hojas color bambú con dos remos de carbón. Instrumentos indispensables para cruzar el presente, el tiempo y el espacio desde algún lado de este vasto océano de letras.

# Historia

El *Libro Rojo* de Carl Jung, en primera instancia, es la época en la que durante su lectura nace y se desarrolla como personalidad Malcriadito. Las palabras del discurso escrito no tienen sentido. La fantasía sí.

Menciona Malcriadito:

«Para escalar hasta la consciencia no hay que olvidar descender hasta el deseo».

El lenguaje de Malcriadito, para ser el de una sombra pequeña, se refleja fuera de lo conocido por la consciencia racional. La expresión de él no parece ser de la sociedad contemporánea. Parece loco, habla de la existencia del alma y el camino de difícil acceso a ella. Manifiesta:

Lo sé. Sé que nada ni nadie puede detener el tiempo, menos un aparato electrónico.

El razonamiento se equivoca, pero lleva mucha reflexión en el saco. El tiempo no existe como materia. Él existe como vive el agua. Basta dejar a la intemperie un objeto cualquiera para confirmar la hipótesis precedente.

Bajo el sol o en las entrañas de las sombras. Se logra medir el tiempo de muchas maneras. A continuación, presento uno de los pétalos de la mejor flor de la primavera, la infancia.

Con un cronómetro. En una hoja coloca fecha, hora de inicio, año en el que se desarrolla la investigación. Entre datos que pueden ser necesarios para aportar fundamento a la comprobación del tiempo en otro objeto fuera del sujeto. Describe un objetivo, una meta clara que sirva, como sirve la luz del faro a los botes que llegan a tierra por el mar de la oscuridad. Recuerda, se mide el tiempo, no la imaginación.

Durante el desarrollo del experimento ve anotando, sin escatimar datos, los fenómenos que van sucediendo en los instrumentos que se están utilizando. De acuerdo al objetivo, el tiempo va llenando las manos con el agua del caudal de la vida. Análogo a lo que realiza el alma en el sujeto masculino y femenino. Que no desistan las manos al objeto de análisis hasta que haya dado por finiquitar el experimento. Cuando el tiempo haya transcurrido relee el acaecer asediado de la vida. Revisa los apuntes y vuelve a observar la realidad, el antes y el después de tomar el tiempo por los cuernos, en la quimera de los males en tierra y mar. El presente.

A diferencia de los filibusteros que han surcado y surcan todas las tierras y todos los mares, Malcriadito no parece ser bárbaro.

Las sombras proyectan un aparente caos. Todos a bordo, entre animales y personas ondean brazos, patas y pies, bailan en cámara lenta, se mueven hacia delante, atrás y arriba como flotando sobre la superficie. Las aves vuelan, se pierden, y vuelven a aparecer como luciérnagas.

Todos allí afuera en la luz del sol se lamentan, como se lamentan las almas del infierno que viven en los anillos de fuego del maestro Dante Alighieri. El tiempo lava las manos como agua bendita durante el camino. El silencio luego del ruido pasa por encima del alma a gran velocidad. Las quejas, las sombras, las ideas son el tiempo.

Cada vez que se encuentran los tripulantes con alguna embarcación, incluida la de Malcriadito, a un pérfido o un polizón lo despedazan entre agudas risas, filosas espadas y ron, para luego lanzar las sobras a los tiburones como símbolo de respeto.

Por aquella época, los noventa, el inconsciente del que menciona Freud estaba ya resonando por los estratos socioeconómicos en países en vías de desarrollo, como lo es Ecuador. También en los discursos acerca de la prevención y promoción por los profesionales de la salud mental en enfatizar la importancia del núcleo familiar en el desarrollo del carácter o de una personalidad relativamente sana.

Los adelantados a toda época, los intelectuales, comparten algo en común dentro de los genes, provienen de condiciones desfavorables para lo que se conoce como calidad de vida de la época, debido a que están inmersos en la realidad social sin analgésicos, son sensibles a la verdad relativa la cual se transmite por herencia a las nuevas generaciones. Mamá, o la sujeto, comentó luego de vivir varios años en Europa:

«De muchachos nosotros tuvimos una vida compleja, cuídate los dientes, no tengo dentadura porque deseo. Solo no alcanzaba para una pasta, mi mamá nos hacía lavar los dientes con cenizas del horno de tierra para amortiguar el daño de la dentadura».

La responsabilidad del sujeto es ayudar en la embarcación, en la subsistencia de la vida y la especie, desde la capacidad de las facultades físicas, cognitivas y emocionales que desarrolla la personalidad. Sin ayuda del «Otro» no se desarrolla el «Yo». En caso de que haya desarrollo del «Yo» sin el «Otro», va a ser similar al trastorno del neurodesarrollo, solo que la patología en salud mental se da en la idea y no en las neuronas, como lo es el autismo, condición neurobiológica que condiciona por naturaleza al sujeto.

El funcionamiento y desarrollo óptimo de la embarcación se da porque los tripulantes desempeñan un rol específico. Malcriadito, por ser la sombra de menor tamaño, es de menor edad. Las sombras más altas se encargan del desarrollo de la personalidad, algo similar al alfarero que moldea al gusto el jarrón de barro: limpiar los pasillos del barco, asear los baños, estudiar, ser responsable con el aseo personal, jugar, aprender, descansar, vivir, etc. Son los placeres de la vida.

Con la llegada de Malcriadito la muerte cobró vida y jamás volvió a morir. Es extraño, pero con la llegada de él, todo cobra sentido. Las sombras son como la analogía del águila que asciende a la aurora precoz y desciende en el alba. Profundidad descrita por el maestro Krishnamurti en el libro *La vida liberada.*

El movimiento de las sombras, en especial la actividad que desempeña Malcriadito en el tiempo, es pescar, inclusive hasta cuando pesca con el anzuelo algas, botas viejas o un pedazo de madera, entre otros desechos, respeta con educación la actividad y los resultados.

La sombra de Malcriadito desde la llegada en la vida a la embarcación creció tanto como las sombras de estatura alta y mediana.

Para él, pescar la cena es sentir en lo profundo del corazón que también puede hacer cosas similares a las sombras de mayor estatura. Solo necesita como el cuerpo el agua, alguien para que se guíe por la zona de desarrollo próximo hasta la comprensión del rol social que le toca asumir en el barco.

Por hoy, los oídos carecen de toda impresión auditiva, ¡es extraño que haya algo nuevo en el aroma del estanque! Durante el ritual los tripulantes son partícipes del canibalismo que profesan los líderes. «Los mejores de los peores», frase de mi amigo Gary

Romero, maestro de buen oído, de capacidad de retención de imágenes a largo plazo y de habilidad de palabras.

Avanza en el mar, evoca la alucinación auditiva, el sujeto.

Caso contrario el alma vagará por la eternidad y la sangre de los huesos entre los colmillos del can. Como símbolo de rectitud, el barco, alrededor de su forma ovoide, está cubierto de collares de hueso de animal humano acompañados de ostras. Parece una cábala a favor de la vida y la muerte, pues desde que estoy nada se ha quedado y nada se ha ido.

La diosa guerrera del placer, adorada por vivos en la tierra y por muertos en el inframundo, canta como bella sirena y transmite al oído del sujeto masculino y femenino el canto del lenguaje que la razón no logra explicar.

Antes de ser, los polizontes, parte del festín, el sonido del viento ensimisma el frío, los besos calman el rugido más fuerte de las quimeras del mar y la tripulación lava los ojos con sangre de ballena. Limpian la espada con palabras de tela cálida y agradecen a la vida estar alimentándose y no ser devorados por los depredadores.

Así honran los seres humanos, con respeto y educación, a los espíritus que dejan de pertenecer al plano terrestre. En promedio, siete de cada diez sombras devoran y devoran la carne dada en sacrificio, los líderes se alimentan del corazón. El que gruñe y se atraganta posee rasgos de debilidad del carácter, por lo que siempre va a comer las sobras. El otro porcentaje es el día de la resurrección del maestro Jesús de Nazaret.

Día tras día, las sombras pequeñas, medianas y altas, en el plano terrestre hacen la misma ruta para llegar a la vida del sujeto incluido a lo fenecido del «Yo» que sirve de alimento para otras especies. El día vuelve a ocurrir y el mismo patrón de conducta de la naturaleza da la vuelta alrededor del sol, el sentido del ayer hasta hoy, y probablemente en el futuro, es el «sin sentido».

Las hormigas tienen algo especial, la organización y el trabajo en equipo. Su naturaleza está caracterizada por poco o nada de visibilidad. En algunos casos detecta los niveles de luz y polarización. Sin embargo, el orden en el trabajo que elaboran como colmena por la colonia refleja antídotos para el desarrollo sano del «Yo».

Al salir temprano del camarote, el sujeto se piensa:

«Al que madruga, Dios lo ayuda».

Las sombras toman unas cuantas gavetas, cebo para pescar, atarrayas de pesca, carbón, luego respiran, se lavan la boca, agradecen, rezan, y, por último, salen como alma en pena a la pesca hasta que el reloj vuelve a dar el primer rayo de luz que deja entrever las sombras por las paredes.

En cierta ocasión, en el transcurso a la actividad de ocio, con aparente clima a vientos fuertes, una adulta de sexo femenino le gritó a Malcriadito:

«Escóndete, regresa de donde saliste, eres feo, mejor ve a mirar si está poniendo la marrana que tu cara va a hacer asustar a todos los peces del mar y por tu culpa no vamos a cenar».

Quienes estaban alrededor de las paredes en los pasillos rieron:

«¡Jajajaja! ¡Jajajaja!».

En otra ocasión, temprano por la madrugada, un sujeto joven de sexo masculino que estaba dispuesto a zarpar al horizonte, solo con ver a Malcriadito acercarse a lo lejos, lanzó de manera impulsiva todas las provisiones con las que se iba a adentrar al mar, carbón, víveres, carnada e inclusive terminó el día dejando el bote botado como un desierto sin agua.

En otro momento, una adulta con aparentes dotes de sabiduría manifestó, y con la voz firme:

«¡El simple hecho de ver, oír, sentir, oler a Malcriadito, el presente cambia!».

La anciana tenía razón, predijo que hoy no es el ayer y al parecer mañana tampoco va a ser como hoy. En aquella ocasión, como en casi todas, Malcriadito siempre sale con las sombras del sol en el rostro. A diario se desplaza por los pasillos con la empatía, de la que habla el maestro Daniel Goleman, la fuerza de la compasión.

Cada vez que el mundo psicológico de algún local o visitante se desmorona en el estanque, entra por una puerta de palabras el sujeto del *homo sapiens* a una crisis emocional. Inmediatamente por naturaleza el ser humano es vulnerable a estados emocionales displacenteros, pensamientos negativos, ideas irracionales y conducta prejuiciosa o comportamientos contraproducentes. A la vez, por naturaleza, el instinto de supervivencia hace magia, utiliza la neocorteza con el fin de comprender el dolor del «Otro» y brinda primeros auxilios psicológicos para reorganizar el caos que está alterando el alma. Transforma el «Yo» en «Buenos días ¿Cómo está? Estoy aquí para ayudar, todo está bien». Todo lo interpreta el cerebro en milésimas de segundos.

No transmitir el conocimiento a las generaciones siguientes es «un conjunto de datos sin sentido», menciona el maestro Peter Drucker. El mar representa para las sombras el símbolo de la vida, lugar donde solo pueden acceder los dioses mortales. En la isla cohabitan los habitantes como un sistema o conjunto de datos, todos y cada uno de los elementos es relevante para el desarrollo de las especies, sobre todo del *homo sapiens,* a tal punto que no hay «Yo» sin la existencia de «Otro».

Entre las cualidades más conocidas por las sombras acerca del filibustero, el dios mortal: el control de las pasiones, el autoconocimiento, la automotivación, la esperanza aprendida, la tolerancia a la frustración, habilidades sociales, inteligencia emocional, se consideran entre unas pocas de tantas cualidades psicológicas que caracterizan la particularidad de la personalidad. Por tanto, no todos nacen para ser filibusteros, muchos se hacen en el mar al navegar y otros solamente recogen las heces.

El pueblo les rinde pleitesía desde la antigua Grecia, cultura base en el desarrollo de la cultura occidental. Los filibusteros son seres poseedores de rasgos de personalidad únicos en la especie de la época actual, se considera por la observación de la conducta que la virtud mengua entre los habitantes a partir del aparato electrónico.

Muchos de las sombras dicen:

«Ser un pirata es ser el superhombre del que habló Zaratustra».

Unos tantos:

«Ser filibustero no es otra cosa más que un hijo de Dios, por eso su característica de semidiós».

Y unos pocos:

«Es la inteligencia emocional del psicólogo Daniel Goleman haciendo efectos en la personalidad».

Al pueblo, a las sombras, le gusta la libertad. No obstante, no es sencillo lograr ser filibustero, más sencillo es perecer en una cueva de tierra devorado por el hambre que morir en el mar ahogado por la comida.

Cada vez que un semidiós desciende en el puerto por provisiones, se sabe, gracias a los mitos, que llega por dos cosas, una, por comida y todo lo que necesite para volver a zarpar y la otra, por suerte. Sin embargo, Malcriadito era la excepción, iba y venía a tierra firme como un chiste que se cuenta solo.

En la aldea, los habitantes más jóvenes comentan que con el pasar de los años los adultos dejaron de ir a las costas a esperar a los dioses mortales. Cuando dejaron de llegar a tierra, hasta el silencio dejó de hablar en el aire del pueblo. Así que con el tiempo las sombras fueron perdiendo la esperanza, hasta dejar de mirar el alma.

Desde la primera llegada a tierra firme, Malcriadito recibió mofas por parte de todos luego de haber dicho, con buena intención, que vive en el mar. El aspecto físico lo resalta del común denominador: limpio y aseado pese a llevar ropa desteñida y andrajosa. En el segundo arribo recibió golpes, rocas, verduras en la cabeza y daños al templo debido a que trajo peces para probar que viene del mar.

Desde ese instante, y muchos otros altercados con las sombras, Malcriadito quedó curado. De allí en adelante llega a la aldea por víveres como la brisa en clima frío, nadie lo nota y aun así lo reciben con parafernalias que inician desde que los pies besan la isla. Le arrojan tomates, cebollas, mofas, lechugas, los animales.

Malcriadito solía desembarcar, en aquella isla, de estanque turbio y de agua cristalina, de abundante flora y fauna, por placer. Aquel ecosistema había enamorado a Malcriadito desde el primer instante que los pies tocaron la arena del mar. Desde que vio el rostro y la sonrisa de la isla quedó perdidamente enamorado del lugar que por ironía lo recibe cada vez que llega al calor del dolor.

«¿Qué es lo que el alma trae a la aldea con frecuencia?», preguntó el pensamiento.

A esto Malcriadito se dijo:

«Son las queloides que dejó la lucha con monstruos marinos, las rayas del león de Nemea».

Todos al unísono comenzaron a reír a excepción del alma: «¡Jajajaja! ¡Jajajaja! ¡Jajajaja!».

«Miren es uno de los pocos piratas que zarpan y regresan con vida al páramo para contarlo», mencionó el sarcasmo.

«¡Jajajaja! ¡Jajajaja! ¡Jajajaja!», volvieron a reír las sombras.

Hubo el tiempo, época de piratas, donde solo la palabra *filibustero* era sinónimo de prosperidad, el pueblo entero dejaba de hacer lo que estaba haciendo: si en ese momento alguien fallece, el dolor se despeja con la alegría de poder sentir la presencia del alma en el corazón. Ella, la vida, asegura el buen año para la comuna y los habitantes, sobre todo para el desarrollo de la personalidad.

Como la noche al seguir del día. Así Malcriadito regresaba y volvía a retornar al mar. Las sombras de la caverna en algún momento se desplazaron con el movimiento de la tierra al mar para escuchar en silencio las odiseas de los semidioses. Sin la costumbre, la ambrosía, manjar que es guardado para ocasión especial, momento en el que arriban los filibusteros a tierra. Se oxida.

Este acto ceremonial con el tiempo se perdió, las hojas de los árboles cayeron a la acera, el agua las arrastró hasta hacerlas descender a las alcantarillas. El pueblo sistemáticamente se fue marchitando hasta comprometer cada pétalo. No llegar a ver a un solo filibustero por décadas ha hecho en las sombras perder la fe.

Manifiesta la mente:

«No hay motivo para qué guardar la comida».

«¿Para qué vamos a abstener nuestros impulsos? La comida se ha dañado esperando que lleguen los filibusteros», comenta un sujeto adulto de sexo masculino.

Da la impresión, por la contextura delgada que trae puesta, que el alma quiere salir del cuerpo, da la interpretación que se ahoga, el sujeto, zozobrando en la materia.

La larga espera, sin resultados positivos, sin la presencia de la sintaxis en los habitantes de las costas, ha tenido como consecuencia perder el significado del alma. Las sombras pequeñas dejan de alimentarse, las sombras medianas y altas dejan de estar más fuertes.

«Las almas crecen horizontalmente desde hace mucho tiempo atrás», menciona una joven sujeto de sexo femenino enferma de profesión.

«¡Bebamos y comamos la ambrosía, seamos dueños del alimento que sacia al sujeto de un semidiós!», embulle en vómito un joven adolescente de sexo masculino.

«Sí, sintamos libremente lo que es el cuerpo humano», menciona el placer.

«Esto es lo que merezco. Alimento de los dioses», dijo el unísono de las palabras.

Aquellas sombras en la caverna comieron hasta olvidar que el tiempo puede tardar a todas las citas, mas la responsabilidad es llegar al punto. Recorre el mismo trayecto que la vida desde el primer día de la creación del universo o del sistema solar. No ha faltado, desde allí, a ningún compromiso. Puede ser insípido el tiempo, mas no desabrido.

El espacio geográfico natural, edificaciones erigidas mucho antes del día de nacimiento del *homo sapiens*, están de pie teñidas de polvo rojizo, otras estructuras hechas por el sujeto masculino y femenino cayeron rendidas en las faldas del volcán Sangay al calor de la erupción, como el que ha sacado al sujeto del corazón y ahora clama por la presencia de la personalidad para aliviar los males subjetivos que asedian la tranquilidad y el progreso de los habitantes.

Los objetos exentos de vida, no de alma, como las estatuas inertes que dan vida a la historia de nuestros antepasados están siendo uno a uno desmembrados por el desdén del olvido y la falta de educación. El alma, el sujeto, se ahogan en el vacío, la sintaxis se entrelaza hasta mezclarse en el estadio del espejo. La vida tiene un ciclo para el ser humano, vuelve en forma de espiral con la descendencia. La época pasada tiene un suspiro en el sujeto y alma.

Por otro lado, Malcriadito cada vez que descendía a la costa retornaba con el sujeto y con el templo firme.

Los días pasan por la mente:

«Esto no es para siempre, está el que desea estar, los demás días no nacieron para estar aquí, orgulloso de estar en el círculo de la reunión del sol», mencionó el sujeto adulto de sexo masculino apodado Pantera por correr ante los depredadores de manera ágil y perspicaz.

«No tengas miedo», se dice Malcriadito.

«El órgano que suena, es el corazón. La sangre corre por los vasos sanguíneos del organismo pluricelular», musita el instinto de supervivencia.

«La parte neocortical estimula la expresión de respuestas flexibles en la conducta, si hay la sensación de que el cuerpo está alejado, quieto o inmóvil es porque se está adaptando al presente. Si en el sistema nervioso central no está impreso el alma en el sujeto, el ser humano asocia todo lo que en ello existe, tendiendo probablemente a sesgar la información del presente», menciona Alejandro Herrera, sujeto adulto de profesión en salud mental.

Además, gritó uno de los aldeanos entre el gentío de sombras altas:

«Es poco probable que en lo que va del año arribe a las costas algún filibustero, celebremos, ¿es hoy o cuándo? El último filibustero llegó por las historias narradas de los tatarabuelos. Demoró en venir, en mitos, cerca de un siglo. El próximo que venga, si el reflejo del espejo es claro, la mayor parte de todos los que estamos vivos no estaremos para verlos contar con los dedos, así que brindemos, salud».

«¡Salud!», sonó al unísono.

Al margen de la situación, cavila Malcriadito:

«Irónico, cómo es posible que el sujeto masculino y femenino con tan buenos dotes entre todas las especies filogenéticas llegue a tener muy malos gustos después de haber desarrollado el alma».

Esa noche, al pasar las horas en la muchedumbre de las mismas escenas del diario vivir, Malcriadito decidió ir al salón principal del pueblo en el que estaban celebrando las sombras. Sentado en un rincón, atento a la parafernalia, se levantó impulsivamente y dijo para el odio:

«¿Para qué los semidioses se alimentan con los mortales? ¿Acaso los semidioses no se alimentan con dioses?».

Enseguida salió por el aire un agravio:

«¡Cállate, Malcriadito! No le presten atención, es un vagabundo al que no le han enseñado educación, un asno tiene mayor consciencia que él y un puerco mejor sabor».

Todos se echaron a reír, atrancados por el pan, la carne y empujando el licor.

«Igual usted», mencionó Malcriadito. Añadió sin mucho alarde, con respeto y educación:

«Tengo apetito, además, he cruzado la raya y he pasado donde nadie se atreve a ir. He peleado con dragones de agua, he domado el mar, he cazado leones marinos, ballenas, culebras marinas, en fin, no hay nada que no pueda hacer o especie que me pueda detener».

Antes de terminar de expresarse el pensar, voces estrepitosas lo interrumpen a Malcriadito. El sujeto alzó la voz del pueblo:

«Usted tiene razón, ¡salud!».

«Ahora, ¡cállate, Malcriadito!».

«¡Ya dimos la razón! Haces bulla y no dejas de festejar».

«¡Sí, cállate!».

«¡Saquen a Malcriadito!».

«¡Sí, que se vaya! ¡Nos está incomodando!».

Por la noche el fenecido sacó del alma un arma de acometimiento criminal sin precedente alguno, la voluntad.

Hasta el punto, el carbón se ha transformado en su mayor parte en cenizas, no cabe más espacio en el folio para un rayón más, los dedos han utilizado la dactiloterapia por colorear los bordes de la hoja con el fin de cavilar y seguir redactando la historia de filibustero, el sujeto masculino y femenino del mar y la tierra.

Me pregunto si al final está en ascuas al leer y darse cuenta, amado lector, que la historia no tiene una llegada, manos, pies o cabeza. Por mi parte, me siento triste por no poseer más espacio para conversar la forma del ensayo siendo un manuscrito de poesía. También me pregunto si la imaginación le dará cuerpo y sentido al relato. Si es así ¿cuál sería la forma que se observa frente al espejo? Por ahora, hay que esperar nueve meses, aquí, dentro del vientre materno.

Paso a despedirme, cerrando con llave y seguro el último tramo del precedente folio, con el fin de ser trasladado el «Yo» a las reminiscencias familiares, sociales y los lazos parentales.

# I

## El embrión literario

Escucho lo que tengo que oír. He observado lo que no he tenido que mirar, y he callado porque he aprendido a amar mi verdad.

Ignorante de la vida y de todo el amor.

Entre las lágrimas el alma sale a respirar.

Fregando pisos y limpiando las ventanas, tumbando mangos y jugando tras la pelota. De vez en cuando a diez centavos el vaso de cola.

Mueve la mano que aquí el tiempo apercolla: hace bailar un vals con la pelucona, después de eso ya ni cómo mirar atrás.

Huele tu parte, esta mierda, solo es la verdad de aquel muchacho que creció sin papá y mamá, a la deriva del primer afecto emocional.

Agradecido con los que dieron, dan y seguirán dando de jamar el alimento físico y emocional.

De esta manera solo los quiero inmortalizar.

La libertad del alma por la vida, nada material. Y es que tengo una guitarra que no la puedo entonar, vino el diablo y le puso nota musical. Aún sigo esperando la canción de su mamá...

¡Aún sigo esperando lo que no tengo que esperar!

P. D. Escribo por creer en el amor ¡no tengo nada que perdonar! Con amor, el sujeto.

## El alma: el acto y el gracejo

«Existe algo en el sistema nervioso que baila y canta», comenta el maestro Arthur Schopenhauer, sujeto adulto de sexo masculino con la cabellera en forma particular, similar al mar rojo dividido en dos partes por el maestro Moisés. Ahora, en el espejo, como en cada folio, se dibuja la pícara sonrisa de los labios:

¡Bien, gracias!, menciona el sujeto.

A la pregunta, el pensamiento añade:

Al ver el rostro sonrojarse sonreí por inercia, claro. Alrededor hay de todo, desde la vida hasta un fino hilo dental acabado de usar. Hacía años que un barco no se había acercado por el horizonte, mucho menos frente al muelle.

¿Quién o qué será lo que se acerca en el navío? ¿Un filibustero? ¿Un capitán de la marina? ¿Turistas de otros continentes? ¿Un náufrago? ¿La educación? ¿Qué será lo que busca? ¿Existe? O lo que se acerca frente al espejo es el deseo siendo la imaginación la que responde.

Amado lector, nace el deseo por naturaleza desde el abnegado río caudaloso que sigue sin mirar una dirección distinta a la que por inercia el agua fluye. ¿Hacia dónde va el caudal del río? ¿Cuál es la coordenada cartesiana? ¿Dónde está usted?

El texto, *La memoria de un esquizofrénico*, es como leer en el libro rojo el sentido, en el sinsentido de la sintaxis, del maestro, sujeto adulto de sexo masculino Carl Jung. El resignificado de la experiencia descrita en poemas es análogo a la abnegación y disciplina que profesa, para la modificación de la personalidad, el sujeto adulto de sexo masculino Fernando Serrano, instructor de la Escuela de Formación y Capacitación del Cuerpo de Bomberos Machala.

Afirma el «Yo»:

Estoy porque necesito combustible renovable y provisiones para el viaje. El trayecto ha sido largo, aunque, para ser sincero, no tan largo como el recorrido que hace un enjambre de hormigas en la madera del navío, desde el lugar del alimento hasta la colmena y viceversa.

¿Qué desea?, con voz firme preguntó el «Yo».

Malcriadito contestó:

Estoy a su lado porque el rayo de sol, el que atraviesa el cuarzo, apuntó hacia el norte, hacia las islas. ¡No es suerte estar aquí! El deseo fue el que me trajo. Estoy en momentos intermitentes perdido en el cielo como una estrella fugaz, vagando en el mar. Salgo a la luz de la luna como los peces suben a la superficie para tomar oxígeno. El reino al que pertenezco se parece a las epopeyas espiritistas que menciona el maestro sujeto adulto de sexo masculino Allan Kardec.

En tono sarcástico, replica el «Yo»:

Después de tan largo viaje por mar imagino que necesita descansar. Además, las palabras son familiares, me recuerda a las rosas frescas con pétalos y espinas de Yaguarcuna, Loja, Ecuador, la ciudad del arte. Las copas frondosas de los árboles que rodean el estanque regulan el clima ¿lo sabía?

¡No! Traje riquezas, mucho oro brillante, resplandece como el sol en el cenit. ¿Hagamos un trueque? Combustible y víveres, todo el peso en oro. ¿Se anima?, respondió en contraste Malcriadito.

Me ofende, tome el alimento y agua que haga falta. Solo un favor ¡cuando esté listo para extender las gavias tenga presente no olvidar que la vida es el regalo, ve con el aire!, contestó con voz fuerte el «Yo» sin dejar en el ínterin pensar:

Las nubes están de color negro, si por la vida hay tormenta el oleaje y la ayuda del viento pueden virar el navío durante el alba y después del ocaso. Por el cielo vuelan las ovejas. A fin de cuentas, estamos en mar abierto. Prefiero dar la comida al mar antes de perder el alimento.

*A priori* y *a posteriori* de la vida humana todo puede pasar, sobre todo, cada vez que la tertulia pone el ambiente en la pira y las horas se han hecho fieles confidentes. Saca a flote del mar, palabras prontas a ahogar, por ahora, de lo que pasa en el corazón del sujeto y el «Yo».

Invitó el «Yo» a pasar al salón principal a Malcriadito, en el camino izó las velas del navío dentro del estanque de la isla:

¿Enciende el aire acondicionado? Hace mucho calor. El sol está en el exterior y aquí parece que el ambiente está en ebullición, será mejor que vayamos al salón principal, el amplio espacio allí nos hará refrescar, cavilar el pensamiento. Noté que posee varios pergaminos.

El mar y el cielo son claridad y oscuridad. Parece el mar el reflejo del cielo y el cielo el reflejo del mar. Mas, sin embargo, las apariencias son engañosas, el mar es una sábana y el cielo un edredón. Una sirve en el calor y el otro es el plebeyo del frío. Debajo se esconde la tierra y arriba el universo, respondió Malcriadito.

Replicó el «Yo»:

¿Ha observado usted la superficie del planeta? Todo nace y fenece en dialéctica con el movimiento del pensamiento: lo que fenece es alimento para la vida en general. Por ejemplo, los fenómenos meteorológicos de las emociones vistos desde fuera de la capa terrestre, o más cerca, ver como el concreto, por la mano del *homo sapiens*, quiere aherrojar en gula las raíces de los árboles que tiempo después, por naturaleza, destruyen las cadenas que los aprisionan para brotar en línea horizontal. Esto lo puede comprobar ahora que está en la costa, yendo por las aceras del costado.

Le comento, los pergaminos llegaron a las manos como todo llega a la costa. Por las corrientes de agua del pensamiento. Mientras viajaba por el mar, conocí un pez de tono azul con rayas de color blanco y negro: 3.5 rayas negras de lado derecho y 3.5 rayas blancas del otro costado, labios de color negro y blanco.

Después de pasar miles de millones de horas en el mar, quedé sin esperanza, con deseos de tirar las escamas del pez para sacar el mar sobre los tablones de madera. Aunque ensucié las hojas con las gotas de sudor. La esperanza arrugó los folios, los hizo pelota de *soccer* con cinta y los arrojó al mar en forma de origami, manifestó Malcriadito.

Estoy ahí, contestó. La octava cascada que desciende desde lo alto del cielo. Detrás hay dos rocas gigantes sosteniéndose, entre ellas, hay un túnel que lleva hacia el vacío. No ensucies el mar, los que entran muchas veces para contaminar las aguas suelen morir por los cortes producidos en los pies descalzos del alma. Cuida el mensaje.

La botella que el mar devuelve de las entrañas de la profundidad del «Yo» a la costa posee una masa mucho más extensa que el tamaño de un pez. Algo sorprendente para los sentidos.

No somos héroes, solo hacemos actos heroicos. Los héroes están en el cementerio, usted y el sujeto están vivos, comentó el instructor del Cuerpo de Bomberos de Machala, José Vega.

¿Quién eres? ¿Qué marea te trajo hasta aquí? ¿A dónde te diriges? ¿Sabes de dónde vienes? ¿Te perdiste? No tiene importancia, al final del punto seguido. Solo el «Yo» tiene el poder de responder a las interrogantes. La vida terrestre es como un grano de arroz. Sabes, cuando hace calor es más favorable sacar las manos sobre las sábanas, colocar las extremidades inferiores sobre el regazo de sus muslos y cubrir el corazón y los pulmones del aire acondicionado que nos separa. Descansa tranquilo, manifestó el pensamiento.

¡No!, replicó el «Yo».

¡No tiene importancia!, contestó el pez. Luego, así como llegó, también desapareció con el pasar de la noche.

Continuó Malcriadito narrando la historia de cómo llegaron los pergaminos al navío.

Dentro del camarote, sin cerrar los ojos la oscuridad se ha extendido en los prados. Con la mirada profunda hacia el techo, recostado en el aposento, crujió una hoja seca y la ventana se abrió. El vidrio comenzó a llorar. Las lágrimas estaban siendo recogidas por el pez de color azul con rayas blancas y negras en los costados y el labio. Cuando lo vi salté despedido de espaldas hacia los tablones. De inmediato erguí el templo y pregunté:

¿Está llenando el mar con cristales? ¿Para qué?

No lo sé, contestó el «Yo».

Acompañado de un silencio, habló el sujeto:

Lo importante, traje cobre, lo pelé de cables que logré encontrar debajo, en las profundidades de la sábana: con los dientes mordí el plástico que mató a Jaime Toapanta y Ronald, cuñado de las mellizas que fallecieron en un accidente automovilístico poco después de su muerte. Ágiles pececillos que solían navegar juntos al lado del cardumen eran invencibles, nada los podía detener ¡volaban en vez de nadar dentro del agua!, las aletas planeaban y el cuerpo se desplazaba a la velocidad de la luz.

En ocasiones solía admirar el sujeto, por descuido me puse a ver las piruetas que solían hacer con frecuencia fuera del cardumen los pececillos y las palabras. Sin embargo, caí por un agujero de agua. Desde aquella separación no volví a ver el cardumen y a los pececillos. Desde entonces, voy navegando por las aguas del planeta Tierra. Estoy aquí y estoy allá. Estoy en todos lados en diferentes formas, colores y sabores.

Buscando a Moné, el cardumen. Encontré peces siendo estrangulados en uno de tantos anillos de cables y plásticos arrojados al mar. Desesperado por ayudar, mordí el cable, comentó el alma del pez.

Desde aquella ocasión, menciona Malcriadito, el barco no tenía comida, solo un nombre, Aorta. El cobre de aquel pez que pagó el daño de la ventana que se rompió del camarote.

No sé leer, Malcriadito siguió explicando. Nací en el mar, pero no me considero un filibustero y mucho menos pretendo ser parte de los civiles de la costa a donde no pertenezco. No soy de aquí ni del mar, soy un extraño, usted parece entenderme, le preguntó al «Yo».

Si usted gusta y no desea el oro, a cambio de lo que me va a obsequiar, le dejo el cobre como forma de pago. Necesito los víveres y la madera para el fuego. No me gustaría irme como he arribado, con las manos vacías, manifestó Malcriadito.

Aquella noche de invierno, oscura y sólida donde maté a la soberbia, recogí la imagen mental y la enterré en el nicho del estanque. Allí hay un gran jardín, desde lo alto es un pedacito del cielo, desde la superficie, es el edén, y desde la realidad, los huesos y la carne sirven de abono para el florecimiento del ecosistema del «Yo».

Amado lector, el cobre ayudará a pagar el pan que necesita el sujeto para vivir en el cuerpo del *homo sapiens.* Hay diferentes tipos de pan, este es enrollado y panamito. Su valor es de quince dólares. Llévalo a tu lado, seguramente en las noches frías una taza de café con pan será la zona de confort y la sintaxis la zona de desarrollo que abrigará el pecho para continuar el camino hacia el sujeto.

Navegar en las aguas es considerado por los galenos en psicología clínica excelente para el desarrollo y mantenimiento de la motricidad, la salud física y mental.

¿Eres capaz de proteger al pueblo sin recibir algo a cambio? ¿Darías la vida por la del otro?, preguntó el «Yo».

Sí. Respondió tajante Malcriadito. Eso y más.

También yo, respondió el náufrago llegado a las costas.

# II

## Mi delirio

Con el pensamiento imaginado estoy: la carretera es larga y la vida corta. Vamos a 100 km/h, hay que aguantar la presión.

Mamá dijo: lo que sea con el corazón. Crecí en un barrio, pero salí de un callejón. Adicto a la palabra como también al honor.

Como tercera analizando cuál es la misión: cierra los ojos, te transporto a otra dimensión donde el dolor parece que se transformó en amor.

Cuido el templo porque es donde vivo. No tengo miedo, pero ya aprendí la lección, el cerebro lo graba al escuchar la voz.

Tonto de aquel que dijo: la escritura no es un don. Amable incluso hasta con el que mal de mí habló. Se cambiaron los papeles, me dicen señor. Voy por mi parte del pastel, pero quiero dos.

«Si no sabes lo que es la meditación, eres como un ciego en un mundo de colores brillantes, sombras y luces que se mueven», Jiddu Krishnamurti.

«Ni una inteligencia sublime, ni una gran imaginación, ni las dos cosas juntas forman el genio: el amor, eso es el alma del genio», Wolfgang Amadeus Mozart.

## Preámbulo

La consciencia del *homo sapiens* al nacer es un paraje primitivo que va evolucionando en una dialéctica a medida del tiempo, dentro de las relaciones sociales, a través de la experiencia, el conocimiento y el amor.

Cuando inicié la odisea, con el ardor que se buscan las riquezas, de objetivizar el sujeto, el inicio del dolor que provoca en el ser humano el fuego dentro del aparato psíquico. Era tan solo un aguilucho que sale del cascarón y se sorprende de todo lo que gira paulatinamente en el exterior. La maduración biofisiológica del sujeto cognoscente fue un poco letárgica, gracias a la inestabilidad económica, la carencia parental y a la necesidad de ir y venir de brazo en brazo durante la primera infancia.

Crecí y me desarrollé en una familia de amor intelectual al prójimo, de una praxis tertuliana que tiende a conocer las virtudes humanas mediante el recibimiento, con los brazos extendidos, de sujetos masculinos y femeninos a la mesa principal del hogar. Por inercia, la práctica de rituales como la escucha desinteresada al «Otro», ver el cambio emocional en la expresión fisonómica al decir dos o tres palabras mágicas: «cómo le entiendo», se transformó en acciones constructivas a medida que entra en una dialéctica el desarrollo cognitivo en el «Yo».

En el inicio del sendero, en el desarrollo del sujeto, guie la conducta como un pastor guía a las ovejas de vuelta al redil, con la línea de vida que va del pitón hacia el acople de la hembra con el macho, lleva de vuelta hacia la salida del fuego: la de vestido negro, ojos brillantes y curvas que ciegan, nací sin recordar algo. A pesar de ello, el amor desinteresado de cuidadoras, como la adulta mayor de sexo femenino, *mamita* Enma, y la adulta de sexo femenino, la Sra. Mary Rodríguez, se asentó el afecto, las palabras tersas y dulces como la miel, en el nacimiento del sujeto consciente en la viña de uvas dentro del jardín de las hespérides.

No obstante, la línea espiral que sostiene el pitón es la ambrosía responsable en la formación de las figuras geométricas, indispensables para el desarrollo sano de la personalidad del sujeto masculino o femenino: la línea de salud, la salud mental y social. Las líneas con cicatrices dejadas por las bruces, la línea del racimo de rosas color rojo con espinas y el agua a presión, son métodos pragmáticos para aplacar la causalidad del fuego o dolor que gira en torno al estado actual del alma.

A pesar de que el equipo ERA me acompañó desde el inicio de la emergencia, no fue nada fácil aprender a respirar durante la emergencia debido a la inexperiencia en altas temperaturas dentro del aparato psíquico. Con el bisturí escondido bajo la lengua procedí con una incisión a la psiquis para salvar el alma de ser incinerada.

Escuché hablar del maestro Jesús de Nazaret en el discurso de personas de sexo masculino y femenino, de todas las edades, mencionaron que él es nuestro salvador y que la esperanza es lo último que se pierde para llegar al suicidio. Días anteriores a la emergencia tuve un sueño relacionado con la imagen descrita del Salvador: el planeta está siendo destruido por especies que descienden de la atmósfera. Allí apareció en pleno siniestro, entre las cenizas de lo consumido por el fuego, desde el cielo, un sujeto adulto similar al descrito por el *homo sapiens* contemporáneo del siglo XXI, con la diferencia que, en el sueño, él venía del espacio del lóbulo frontal y no de la superficie de la tierra para luchar con las fuerzas del mal.

En la adolescencia rondaba el sujeto por los acantilados de agua pluviales. Saltando de piedra en piedra y nadando de estanque en estanque. El jardín de los girasoles, en el sur, es para la eternidad, siempre verde y colorido, un cuadro impreso en arte vivo para aplacar el dolor del sujeto.

El conflicto emocional no resuelto de la infancia, en la juventud, por el alejamiento de mamá y papá, el fallecimiento de la abuela y la separación conyugal, se acoplan en varias líneas de ataque narrativo y poético con el fin de controlar el fuego, latente, dentro del aparato psíquico.

El lenguaje del sujeto adulto resuena en las fantasías con el fluir de la sintaxis en la realidad. Deseando que el texto sea del agrado le invito a contestar para su interior la siguiente pregunta:

¿Dónde está el sujeto, amado lector?

Que la luz guíe el camino y que las circunstancias de la vida sean de provecho.

A los cinco años de edad el sujeto en la vida tocó la puerta del teclado con los dedos e hizo una melodía de fuerte estrépito, imposible no escuchar (pum, pum, pum), luego, no hubo más remedio para oír el sonido del dolor del alma: desde los cinco metros de altura en lo alto del olivo entre las copas y las fuertes ramas del cielo llegó el dolor a gran velocidad por un tobogán de aire con un fuerte golpe al «Yo». Sucedió como un desastre natural.

En lo alto del monte, donde cohabita el sujeto, en las extremidades del olivo, sobre las ramas, no se vio o escuchó decir algo. A pesar de ello, las batallas en la altura del campo son la rutina del diario vivir para quien entona melodías del alma: dioses contra dioses se baten en duelo hasta la vida para ganar el respeto de la muerte. El fin, ganar el cuerpo humano y poder ir de mejor manera hacia la presencia divina.

Por otro lado, en el sujeto baila la diosa de la muerte, hija preferida de la divinidad. Ángel caído del regazo del cielo para atender las necesidades primarias de los seres vivos, el desarrollo de la consciencia llega con la razón, aun así, se celebra con algarabía el día del sufrimiento por todos los presentes. A excepción de los guardias, auxiliares y encargados del lugar, alzan los pies, patas, brazos, mueven la cabeza y la cola sin evocar una sola palabra o sonido, las células se mueven al ritmo de las calientes frecuencias en la consciencia.

Alrededor de la sala de intervención clínica, en el plano horizontal, decúbito supino en el diván, tendido en la superficie, está la consciencia en ambiente nuevo, fuera del vientre materno, para experimentar en el sujeto las nuevas diferentes sensaciones que produce el lugar: distinta presión de aire, poca calidad de oxígeno, mucha arena seca, insectos, hojas secas, animales sin alas, oscuridad, goteras de lluvia caliente, exceso de calor, demasiado ruido, olor a sulfhídrico, sosiego, etc.

Las emociones, sensaciones asociadas a la respuesta de conducta de lucha o huida, como la parálisis en el miedo frente a lo desconocido, a corta tela, en la materia humana, hacen que el cerebro experimente en el sistema límbico un abanico de sentimientos arcaicos. Males que pueden alterar la calidad de vida del ser humano operando el sujeto sin ser consciente de «Ello». Según los pergaminos del maestro Daniel Goleman. Estos hechizos que apunta al sistema nervioso en el corazón del alma, en el humano, se dan, por naturaleza, sin línea directa a la reflexión en el lóbulo frontal.

Al caer el sujeto a la tierra el *pitcher* atrapó la bola de béisbol con dolor, las cenizas de polvo en la cancha dentro del área ayudaron a mantener la fuerza del golpe. El vacío en la consciencia lo vio al «Yo» descender hasta llegar el alma al destino que tiene en la vida dentro del *homo sapiens*. El silencio del vacío dio la bienvenida. El *catcher* hizo la seña. Nadie vio, escuchó o comentó algo. Una buena jugada en el pasillo de cristal con muchas habitaciones.

Al final del pasillo hay dos ventanas. Una en cada extremo del lugar. A la puerta de uno de los cuartos está el alma retozando. Dentro está una adulta mayor de sexo femenino, Clorinda Pardo. Recostado, un sujeto adulto mayor de sexo masculino, Julio César Herrera. Ella le toma la mano y con sus labios purifica la piel con la ambrosía en los besos que da.

El oído, escucha. Los ojos, entre el agua, logran observar a sujetos adultos de sexo masculino y femenino que van y vienen por los pasillos del aparato psíquico. Son ángeles. El blanco luminoso de las prendas no deja divisar el rostro. La sonrisa presta efímero abrigo cada vez pasa. El sabor amargo del dolor es pasado por la chuspa a través de un sorbo de saliva, y el mal olor del lugar conteniendo la respiración en cada abrazo.

Desde el pasillo del aparato psíquico aúlla a la vida el llanto del cachorro humano:

¡Bua, bua, bua, bua!

Somos Caín y Abel. Guardianes de los límites del costado del carril. El lugar, dentro, no es agradable al inicio. Sin embargo, con el tiempo, los de la especie humana se van adaptando al ambiente en movimiento hasta que por dialéctica aparece la idea, un mejor lugar dentro en la profundidad del alma.

Con las manos frías y la sangre en la manzana de Adán, preguntó Abel con amable sonrisa y los ojos entreabiertos: ¿En quién piensas hablando con el pensamiento? Las apariencias engañan, guardián del otro costado del carril.

¡Bua, bua, bua, bua!, volvió a aullar el cachorro humano, dentro, en el «Otro» extremo del pasillo, con las puertas del alma cerradas y una armónica sonrisa.

Nada o algo puede entrar o salir dentro del aparato psíquico una vez formada la personalidad. El trabajo del «Yo» consiste en hacer que todo suceda según las indicaciones de la divinidad, manifiesta Caín.

Se hizo justicia, menciona Abel.

Las cenizas de la vida vuelven a florecer en milésimas de minutos, y en milésimas de segundos fenecen en la consciencia del *homo sapiens*, con el fin de que todo el lugar, en el interior, esté seguro, alega rápidamente Caín.

La benevolencia del universo y las circunstancias del momento hacen que en la vida humana la calma tome asiento, en el páramo, a las faldas de la superficie terrestre para beber vino tinto, desgarrado el corazón desde las arterias, en comparación a las otras especies que están a la espera de la muerte.

Entre la caída del agua por los pómulos, las puertas del alma se abrazan para dar calor. Paulatinamente, las alucinaciones hipnagógicas asan el mando hasta llegar a la fase REM, lugar en el que se abre el baúl de los recuerdos arquetípicos que no llegan a la consciencia durante el estado de vigilia.

Luego del aciago día, la tormenta comienza a menguar hasta que el rayo del sol alza los párpados y el ceño se exaspera hasta quedar como pasa. Todo va a estar bien. La cálida brisa acaricia el cabello y susurra al oído, Malcriadito, luego de ascender de la primera hoja brillante del olivo que entreabre las puertas del alma.

# III

## Flor de cerezo

La vida es una señora joven, muy joven, que a su edad no pierde la belleza y por supuesto, tampoco pierde la sencillez, ni cada uno de los encantos...

Entre más pasan los años se pone cada vez mejor: suave y deliciosa para unos, trágica y dolorosa para otros...

Literalmente es como el vino, entre más se añeja más dulce y menos amargo es el trago, y entre más se bebe el licor de ella más abre cada cicatriz: como el puñal del recuerdo que estruja el corazón, aliviando el dolor del ayer junto al placer de sentir el mañana de hoy.

La primera vez que la conocí, me quedé perplejo y sin palabras de ver tan majestuosa creación del Señor.

Tuve que patalear y llorar para transmitir los más sinceros agradecimientos, no pude hablar, pero esa fue la forma de expresar, de agradecer, el haber puesto el alma en este dulce y amargo camino.

El 27 de noviembre de 1991 fue la primera vez que nos observamos detalladamente de afuera hacia adentro.

Ella, sabia, pura y transparente como el agua me extendió los brazos y me bautizó con la sonrisa y lágrimas de madre como: Marco Vinicio Alejandro Herrera.

«Astuto como la serpiente y sencillo como la paloma».

Con los ojos llorosos mirando el cielo dejó en vida humana, antes de partir, buenos amaneceres el maestro Zaratustra.

El viento, y a la velocidad con la que llega, el alma, montada en la fuerza, doblega los olivos, de un lado a otro, con horrísonos alaridos. Las hojas del monte olivo hacen el honor al instrumento de aire con el chocar de su ápice. Las estrellas alumbran el coliseo. La multitud está celebrando enloquecida la batalla campal.

En el interior de la arena, en el estadio, hay sombras debatiendo en una mesa redonda. Demandan por el pago de entrar a la arena, justicia, para el sentido del conflicto en el aparato psíquico. El sujeto perece en la arena, bajo el sol, el sonido y el calor de la sangre. Busca la manera de driblar en el vacío todo lo que pasa por el sendero del coliseo, donde el pan cae en migajas al suelo y las aves se alimentan de él.

De una de las plantas del monte olivo, cada cierto tiempo indisciplinado sale, en el centro, a la arena, una pequeña raíz con características diferentes a la flora nativa, para enseñar a los presentes la diversidad de la flora cultural de la región. La vigilia coloca el alma en un jonrón a la vista del horizonte con retazos de hilo de tela, muy pocos nuevos, hasta formar la propia imagen del «Yo», arriba en lo alto de la copa del árbol.

La cicatriz del ojo aparenta alcanzar a ver un pequeño brillo tras el golpe provocado por un puño mucho mayor que una roca, la sangre nubla la misión. Todos en las gradas del estadio se ponen de pie sistemáticamente hasta formar una ola de multitud, el alma no tiene manos, tampoco dedos, no flota, menos camina, pero el color que pinta en acuarelas, el rostro, les da brillo a los ojos.

Con los, debido al insomnio, anteojos hechos de ojos humanos, el sujeto abusa de la literatura para cerciorarse que todo marcha a controlar el calor del fuego dentro del aparato psíquico.

Es una fantasía dentro de 360 grados más de posibilidad objetiva, con la que cuenta el repertorio de la perspectiva del alma humana para defenderse de los ataques contra el mismo sujeto.

Para el pensamiento humano asear y quitar el polvo de la estantería, cuidar la materia, es un castigo. La sangre debe de correr por la arena y filtrarse hasta reflejar la pureza del alma en la sílice por toda la tierra. Es una locura que el psiquiatra no la aborda.

Desparramado por la calle, en un camino sinuoso, el alma se sostiene, en la vida, por las hullas, brea y arena que forman los pasajes del estadio. Hay charcos gigantes de sesos, basura esparcida por todo el campo de arena, es normal. Todos van y vienen por el lugar. Hay un círculo. Las Heas. Tienen un fósil hecho de pie en página de folio electrónico, y en él, algo grabado. El pie del capitán Jaime Toapanta dejó huellas de los pasos por conquistar. Firma el cuarto creciente del sol.

El rocío de la tarde aparenta ser el aliento que desempolva la ilusión a la vida con un beso a la altura del tímpano. Los colores menos vivos visten la vida con las flores más bonitas debido a la metamorfosis dialéctica en la consciencia. Las curvas de los poemas dan relieve a la belleza de los parajes. Tiende a la sensualidad innata de las palabras para crear versos. Hasta el espíritu con más gallardía cae rendido como alfombra roja a los pies de la desmesura de un solo golpe propinado por el alma.

El aroma del día inunda de sosiego los campos de olivo. La garúa juega con el sol al clima. Le gusta subir en vapor, condensarse con el aire y bajar en precipitación por el tobogán hasta la batalla campal.

Talla con la sangre del corazón el siguiente epitafio que proferir desea el alma ante el último suspiro, de esta manera el alma puede ser libre en cenizas por el viento, «Nada es para siempre». En el interior del bolsillo de la guayabera guarda el siguiente texto hasta que pueda ser leído con fervor por el sujeto. Por último, ve con la lengua dirección al ombligo del mar. Diagonal a la estrella polar. Bajo el cenit. Y deja suavemente caer la botella en la piel. Gracias.

# IV

## Polaris

El sujeto humano nace con la fundición del alma. El resultado es la personalidad.

Sé cómo el faro que resiste todas las olas del mar. Hay que saber mantener la calma para no dejarse arrastrar, hay que saber pelear con inteligencia para no dejarse dominar. Pues las olas de este mar, de palabras, no perdonan a quien esté ciego por la oscuridad o cegado por la luz de claridad

# V

## Vida

Déjala ser tal y como es, sin olvidar que hay un límite. Aguas profundas para el que sabe nadar. Donde está el respeto siempre existe la paz.

La brisa mueve el cabello y baila al caminar. Las caderas me «psicosean», me ponen mal. Este ramo de versos le quiero dadivar a usted, mujer, que le dio luz a mi mamá, a mi esposa por enseñarme la verdad y a la vida por ser la brújula y mi guía. En este plano donde nada está del todo bien. Si te soy sincero tampoco del todo mal, aquí el gato pierde el pelo, pero no la maña.

No confunda mi constancia o mi disciplina, como pájaro enjaulado trino por la esquina, hago poemas por dolor no por alegría, el loco dijo ámala, no le quietes la vida. Bebo consejos como tomar una cerveza Andrés Curipoma, y despierto agradecido de volver a ver, en el barranco de su ombligo, el amanecer.

Con relámpago, trueno y confuso sigo las curvas de la vida en espiral. La neblina cubre todo el lugar. Solo se logra divisar el suelo gracias al aroma café de la piel. Mientras se avanza hasta la divinidad, el único momento de saber si no se está solo o «loco», es chocar con el «Otro» a propósito. Luego, es una sensación de vacío perenne por el lugar.

En el ascenso al sujeto, la escala es sensual en cada uno de sus peldaños. En cambio, el descenso por los largueros al alma es lascivo. Y poco útil en casos extremos, por ejemplo, la sonrisa y las curvas de la madera en la guitarra. Las cuerdas entre las encías tienen el espacio dental de un metro. Suficiente espacio para ir en orden en una sola columna y tomando distancia con la mano. Hay muchas almas que vibran y otras que dejaron de sentir la vida. Sin embargo, el feto del *homo sapiens* se fríe a fuego lento sobre la palma del sartén para que así la yema pueda recorrer todo el arrozal, esparciendo un buen sabor al paladar.

Los espíritus errantes en la vida son los guardianes del lugar, sitio al que se remite el discurso. En algún tiempo, las almas fueron nómadas que, por el afán de conquistar el mundo, la tierra les dio un hogar para vivir. No duermen. Beben de la materia ron para hacer desnudos con el amor a la noche. La esencia de la existencia del alma es la suspensión de gotas pequeñas de licor que se comunican por el seductor, vertebral, canto de sirena.

La oscuridad imperante, durante el trayecto al sujeto, está cubierta por la neblina que evoca con respirar alucinaciones a las orillas de la consciencia desde las profundidades del fondo del mar. Los guardianes del lugar van cantando hermosas melodías. Las almas se alimentan de pez «Yo», especie que cohabita en las profundidades del corazón humano.

Se comenta entre el trinar de las melodías, del canto de las sirenas, que los dedos son los mensajeros del inconsciente:

Las cadenas que arrastra el alma comienzan a sonar con el rumiar de las campanadas de la iglesia. Se agarra el alma de la piel y arranca la carne de un tirón, de un mordisco. Son gritos de agonía entre los matorrales. Las altas temperaturas en el ambiente permiten solo respirar en tres puntas. Hay bocanas de gas, propagadas dentro del aparato psíquico que por velocidad y fuerza del fuego se expanden en el ambiente, una onda de choque con manifestaciones aversivas en el aparato respiratorio.

¡Agáchate! Ponerse de pie sin permiso incendia como caja de fósforo el aparato locomotor, grita el guardián de la materia. El instinto de supervivencia.

De pie, con la cicatriz a la altura del lóbulo frontal, la sangre se filtra por las costillas del suelo. Debajo hay una cantina de barro. Y por debajo la sostiene fuego suspendido por la madera de un árbol en llamas. Las gotas hirviendo hacen latir los órganos de un salto, mientras el sudor huele a esencia de sal marina. La carne del *homo sapiens* son tres cuartos del alma. Los crujidos son del cuero del alma a la barbacoa.

Al ras del suelo, con la rodilla derecha mirando el cielo y el pie izquierdo señalando el infierno, se avanza con la línea en mano hasta ver con los ojos, directo a la cara, el inicio del fuego. Imponente el calor de las llamas, en el aparato psíquico, genera por radiación a la consciencia, en contra de la voluntad humana, sublevar el alma para servir y proteger a los habitantes de la aldea del poder del fuego:

No hay nada que temer, aquí se cocinan las mejores almas, grita firme y con gallardía un sujeto adulto que está siendo incinerado de forma voluntaria, con los brazos abiertos, sobre un tablón de madera, entre la vista y el último aliento, el alma sonríe.

Del fenecido cae un cuarto del alma del bolsillo en el traje que trae puesto: pantalón azul oscuro con franjas blancas a la altura de los tobillos, camiseta color rojo, zapatos de bota militar y cinturón color negro. Una carta que no fue incinerada en las llamas del fuego. Misma que remite desde el alma al corazón.

# VI

## El miocardio

Hoy llegó el Amor y tocó la puerta donde inverna el más opulento y terco corazón.

Pum, pum… pum, pum… Cuatro niveles de sonidos estresantes para ciertas almas bajo un mismo cielo: torpedos, besos y abrazos, se celebra en una noche de Año Nuevo.

El corazón perdido en el laberinto de los pensamientos toma la decisión propia de exiliarse de Linda Bella Hermosa Claridad, desprovisto de la Fe, de la fuerza sobrenatural se regocija en el abrazo de una inmortal vieja y tenaz oscuridad quien ofrece las mejores dádivas y el *buffet* con los más exquisitos y excitantes placeres.

Pasaron horas, no meses ni años, para cerrar los ojos y dejarse colocar la venda y jugar a la «gallinita ciega», o en este caso, al corazón ciego.

Al que camina sin rumbo y deja de bailar sobre la cuerda floja lo llaman ideal, más solo es las agujas y no la aguja en un pajar.

Las respuestas adaptativas en las operaciones aritméticas hechas por el alma dejan huella en lo más hondo del fluir de la dopamina.

Me he despertado con asombro. Se escucha que cae en aluvión el telón sobre el pueblo. Todo rueda cuesta abajo: arena, grava o limo.

He asegurado las ventanas con tablones de madera y clavos de acero. He bajado las persianas. He puesto seguro con el candado y picaporte a la puerta del lugar. He tapado, con algodón blanco, los filtros de aire por donde se va la oscuridad. Por último, he exiliado con autoridad monarca todo el polvo que se había alojado en el interior del dormitorio.

Me he quedado solo en el camarote. Los sonidos de fuera son de Oscuridad, la diosa del pecado, que debido al peso de la joroba que lleva durante el día en la espalda, recorre la noche, la cubierta, en círculos, casi descalza. No sangra. No guarda rasguño alguno, mucho menos queloide, los pétalos, es la flor de vestido con tirantes que están siendo sostenidos por los delgados pedúnculos.

Por otro lado, la fantasía y el sistema nervioso, por la necesidad biológica, teje, en la modernidad, sábanas frescas con diseños rupestres. Mas la voluntad guía con una batuta la filarmónica. El movimiento de las sombras, debajo del escenario, desplaza el látigo hasta el último gen en dos columnas de cuatro filas. La sinfonía entona el primer quinteto del maestro Amadeus Mozart.

No se explica cómo llegó la orquesta a la cubierta. Quizá, la hipótesis principal, poseen el duplicado de las llaves del camarote, y mientras descansa, aprovechando que la consciencia está dormida, pasa y se aloja en confianza. Se le prohibió el ingreso. La última vez lanzó, con los pies amarrados a una roca, por la borda, a la vida.

El iris color miel, dentro de las cuencas, se muestra inquieto al escuchar el caudal del río que fluye del lado opuesto de la valla. Está sediento de verbena. El conducto lagrimal del alma, está bloqueado debido a diques elaborados por los ladridos de Cerbero, se contrae para proteger a la retina.

A efecto de los movimientos de rotación y traslación, el bagaje del alma, el lenguaje, sufre una herida abierta, una falta ortográfica. La disciplina creó impresiones como estampillas por la fuerza gélida del viento. No hay director de orquesta, aún las sábanas están tendidas en el cordel. Sin embargo, he echado andar el molino de palabras porque la música sigue sonando por el pasillo a la hora de la siesta.

# VII

## Venere

Se vive demasiado rápido sin saber a dónde ir.

El tiempo pasa lento, y no tan deprisa como dice el porvenir.

Hay vida en el aire, en el siglo XXI, está acompañada del abrazo en cada sonrisa. De recuerdos que acarician, con vidrio molido, el estómago durante el aliento en cada brisa.

# VIII

## Kimera

Me toca el corazón ver el alma encadenada, el vértigo expresado por el colorido rostro grita como fuerte vendaval, que a través del mar recorre las sinuosas facciones hasta desembocar en una celda sin oscuridad.

En las noches, alza el mentón directo al universo, y con ojos fijamente intranquilos, de un lado para el otro, cuenta una a una las estrellas dejándose arrastrar a un submundo por la melodía del recital del silencio del diferente cantar de los grillos.

Hoy es el gran día, pero me pregunto ¿por qué la muerte lo olvidó? ¿O por qué la oportunidad de la vida lo desechó?, me pregunto, si se pregunta que lo veo sin parar de llorar y que río cuando los extremos de sus labios se comienzan a agrietar pues me doy cuenta de que a pesar de las pesadas cadenas que inmovilizan el alma, ella aún no deja de bailar.

El hoy deja como presente el regalo, la vida.

Debajo de la luz de una redonda tranquilidad por un sendero de vida, lleno de paz y rodeado por arbustos de jugosos frutos, en la raíz de un árbol torcido paré y me senté a descansar. El lugar está dotado con la mejor vista y una descomunal claridad. Los altostratus atemperan el ambiente a flor de piel.

Algo, en la lejanía, se acerca a una potencia capaz de incinerar en un solo *backdraft*, por los compuestos de sustancias inflamables, de la gradina y mazo, el aparato psíquico. El volcán pronto a tocar el cielo y la profundidad de las llamas del magma pintan de blanco el reflejo del cielo en las rocas.

Menciona el jefe inmediato del lugar, el sujeto adulto Cristhian Cabrera: «el humo de color oscuro no solo salió después de la lluvia y el sol, sino que siempre ha estado más cerca que las manos y pies, e incluso mucho más cerca que la respiración».

La atmósfera de la tierra, como una paleta de colores pinta el cielo, el color blanco amarillento del sol. El humo propagado por el ambiente se escabulle imperceptible por la cavidad nasal hasta ingresar al camarote. Está en el interior de la vida. El fuego se desplaza por las células del ser humano, busca la salida en una arteria, por el principio de convección.

Cortafuego el perro de múltiples trincheras. Protector de la puerta de entrada y salida del aparato respiratorio. Recorre en cuatro patas el campo e indica la circulación del humo. La naturaleza de los pitones, corta la temperatura con la presión de las katanas en cada línea. Ruedan los cráneos hacia la profundidad del cenote. La sangre desciende en posición contraria al viento, en un vaso de cristal.

# IX

Son los buenos momentos los que nebulosamente se pueden divisar.

Es el eco del aire que musita sin tocar, al destino que hace erizar la piel sin hablar.

Allí dentro, en lo profundo y oscuro del dolor, existe un oasis donde habita un ánima y un ánimus en el interior de un ser humano, un tiempo que no conoció el amor y un cerillo que hizo del árbol caído una flor.

# X

## AyKa

En el frío polen de la flor de banano danza una legión de ondinas que colorean y tejen la vida con sus manos, brazos y pies.

Con apremio el cuerpo humano es pellizcado por la sensación térmica de calor airado que penetra y exhala desde la epidermis. El alma desea salir con premura. Gotas de agua hirviendo descienden del cielo. La monja no reza, soporta el agua del vapor. El templo se desmorona como efecto del zaperoco. No hay remedio. La ciencia acabó con la solución, la inquisición quemó frente al municipio de la memoria las reminiscencias.

Las conjeturas hacen que la lengua seduzca a los labios y ambos pierdan la razón: entre el tumulto, la soledad inequívoca con el instrumento musical, el silencio se escucha y se abre paso por el sistema auditivo. El Todo se cae a pedazos, está tendido en el diámetro del siniestro. Nada, el vértigo de la masa en el regazo, consuela con la primavera las rosas del afecto.

Es extraño cómo la vida da pasos de baile. El fuego baila al compás con ella, se toman del calor y dan brincos sin soltarse. Todo, es el escenario de la estrella de baile, gran variedad de especies caminan en círculo junto con él. La algarabía, diosa del trueno, observa desde fuera del límite de seguridad. Plié junto con Tendu, dioses antiguos que datan de instrucción formal en el arte del baile asesinaron a sangre fría al maestro Aquiles de Troya. El baile lo hacen en honor a la pasión.

Sismos, el dios del movimiento telúrico es el jurado calificador. La liberación de energía sacude con belleza la magnitud de las caderas. El puntaje del baile oscila entre los 3.5 y 8.5 en escala de Richter. El premio es la indulgencia del alma. Objeto valorado en el mercado negro por todo el dinero del planeta Tierra.

El sonido demoledor hace bailar a la vida sin quebrajar la aorta. El oxígeno es respirable en posición decúbito prono, se hace un triángulo con las manos y como si fuera una máscara se agacha la parte frontal en el triángulo de la vida. Suenan las campanas de la catedral, es medianoche para beber tinto. Descansa.

# XI

## Retórica

Hay un veneno que se esparce entre los labios. No hace falta mirar para convertirme en piedra, me sale natural como el jugo de naranja.

La piel se pone en ebullición si echo madera al arte, el corazón acelera, el mundo da vueltas. Lo que está arriba es abajo, adentro y afuera.

¡No hay nada que celebrar!

Brindemos por la vida, esta es la puerta de entrada, y también salida.

Hoy no se fía.

¡Qué!

Pero mañana sí, pocas palabras para un buen entendedor. Hagamos el amor hasta que se vaya el sol, bajo la estrella más bella en mi habitación, dos pies izquierdos bailan salsa con reggaetón.

Una pizca de sal y un poquito de limón.

# XII

Es tan perspicaz, en la vida del ser humano, que no se lo puede parangonar, pasa desapercibido a la vida hasta que comentan de él y no se llega a creer que existe hasta que se llega a la vejez.

Lo que una vez existió y lo que florece siempre está aquí, en el alma: entre los pulmones, en el centro del pecho, detrás y levemente a la izquierda del esternón, en el bolsillo de la camiseta de un cleptómano, el tiempo.

«Nada te puedo dar que no exista ya en tu interior. No te puedo proponer ninguna impresión que no sea tuya», Herman Hesse.

# XIII

## El corazón

Una y otra vez, no para, y no va a parar.

Habla con el lenguaje neutral, la expresión corporal.

No exhausto continúa sin mirar atrás.

Sediento del presente, espera latir como aquel pájaro enjaulado que canta en agradecimiento de volver a respirar.

Rechinan los pasos al compás con la señorita Soledad, no es buena compañía así que por las arterias y venas prefiere continuar, sin antes danzar, al ritmo de un buen vals y una buena copa con agua, para recordar los buenos tiempos que no se hacen esperar.

El pensamiento es la necesidad del deseo del animal primitivo. La vida para el ser humano es una necesidad del pensamiento mágico, nace del deseo inconsciente para el desarrollo cognitivo.

Elige bien, a mansalva, en el bardo dijo la profundidad del vacío: antes de nacer supe en qué cuerpo germinar, menciona el «Yo». Cambié dos zafiros, a Caronte el barquero, por un oasis en la intempestiva tierra árida, de la flor de loto, en la lejanía al jardín de las hespérides: los vientos hacen zozobrar la embarcación. Las islas rocosas dan un tono tenebroso al lugar. El cielo se ha dejado escuchar y con él, el alma se forja a temperaturas de 0 °C y 100 °C.

# XIV

## Rufos (†)

Él es mi amigo y el mejor amigo que un hombre puede tener. Es categórico como un espartano y está cubierto por una armadura de pelaje que va desde la primera uña hasta la segunda ojera.

Es gigante y fuerte como un oso. Ruge como un león y su piel es color ámbar, aunque quemada por el sol.

Constantemente enfrenta batallas en el risco de la montaña pues defiende el territorio cual rey en la sabana.

Disfruta el momento entre los pasos del ritmo cardíaco. Corre contra el viento y saca la lengua en símbolo de perfeccionamiento.

Él es mi gran amigo, Rufos. La bestia que devoró a Cerbero. El guardián del inframundo.

«Ve, saluda a los pequeños que aún no tienen la coraza», Solo Soul.

Los ángeles desterrados del Olimpo, con fe en el ser humano, en el templo, en la vida y en el amor, se encarnan en una perfección categórica llamada presente. En el trayecto de mostrar la verdad como alma de una sola vida, ellas ríen sin cesar para valorar cada instante el volver a respirar.

Son almas divinas, saben desde el primer momento que el oxígeno es materia, y que tarde o temprano todo volverá a un lugar mejor. Sin embargo, son frágiles al igual que una muñeca de porcelana la cual una vez rota, el sol, a las queloides, siempre las va a marchitar. Por otro lado, les gusta retozar entre caudales de aguas profundas como también ser el rayo de luz que se esconde en la parte posterior de las cortinas del crepúsculo.

# XV

Palmas que llevan un altar, en ellas las llaves de la libertad.

Manos melancólicas que a pasos inexpertos no paran de escribir.

Cada trazo es un camino hacia la libertad.

Brisas que golpean, dan calor al fuego, combustible lleno de fragmentos sin degradar, que asfixian a las aves que solo paran a respirar.

«El alba es la mejor forma de volver a empezar», Clorinda Pardo

Una sola vez se vive y varias se muere el «Yo».

Me atrevo a poner en tela de juicio el proceder de la Naturaleza: por más sabia que sea, la intrepidez obliga a refutar, con la escritura como fundamento, la forma de actuar. No de todo, claro está. Mas sí de los charcos y arroyos de dudosa procedencia, mismos que trepanan los sentidos en la consciencia, a golpe agudo con la mandarria que precede a la primera estaca.

Varios sujetos, adultos y adultos mayores, entre ellos uno que otro adolescente e infante, de sexo masculino y femenino, rodean a un sujeto adulto que los atrae con discursos de sanación y salvación. Los rostros de muchos, incluido el de los infantes y adolescentes, tienen la apariencia de llevar una vida dura. El estado de la piel los delata, están quemados, vivos en colores secos, colgados en un cordel a la intemperie, bajo el mismo fuego, en el calor y el frío, de las almas malditas.

# XVI

## Cáliz

Almas reunidas, todas llenas de ofrendas, juegan como niños sin noción del tiempo a la espera de Todo y de Nada al mismo tiempo.

El alma se desplaza por el aire con un vocabulario longevo, nubla el horizonte en un tal vez que no fue por un suspiro que debería ser.

En cada promesa entrelazan, las almas, sentimientos pactados con la muerte, en cada beso consume la carne del cuerpo.

¡Se brinda con el jugo de los huesos!

¡Salud!

A empellones la luz, el alma, sube hasta el cenit, desde lo alto de la roca salta desmesuradamente al mar de los deseos en un clavado inverso. Los insectos buscan a tientas las energías dispersas en un foco de luz. Sobre las aguas hay un sincretismo que gira en espiral, arrastrando toda aprehensión insondable: la eclosión por las formas cambiantes y perecederas.

Hay un dramaturgo que expone los útiles documentos en la puerta de la catedral en la ciudad del cantón, Machala. Parece que los ojos no dicen la verdad, la comunicación analógica y digital no tiene concordancia, aunque está lleno de sagacidad y avidez, los movimientos son fríamente proporcionales al discurso lacónico que doma al animal. La autoridad que proyecta, la retórica, refleja una epopeya que no fenece a la nimiedad inusual del orador común. No obstante, la vertiente desemboca en la Nada y el Todo.

El pensamiento del ser humano le tiene miedo al vacío, lo amenaza impresiones sutiles que desvían la atención del «Yo» a la sujeción de una condena autoimpuesta por la idea, de la Nada y Todo, irracional: el exilio de no comer de la tierra, tampoco beber del sol hasta que el fuero interno del alma pase por las llamas de la maduración contemplativa.

# XVII

## Catarsis

Vaso lleno, medio vacío. La música se parece a la familia dando abrigo cuando en el calor hace frío. Los textos del poemario son libres como el aire que se respira. Una sonrisa también puede generar la paz, la guerra del amor entre el bien y el mal.

Le apuntó al corazón para no fallar, se hace por dinero y la materia espiritual.

Después de treinta y un años no es tarde para volver a continuar, por fin he conocido la familia de papá.

¡A paso lento! Ya lo manifestó Jorge Guillén. Copié lo bueno y lo malo lo reutilicé, el resultado es la suma de uno más uno es igual a tres: la reducción de la catecolamina o el estrés.

Ahora escucho y se eriza toda la piel, mientras viva en los recuerdos, Todo y Nada no morirá. No estoy jugando y si juego no quiero apostar, leo entre líneas para reflejar mi verdad.

# La antesala

# XVIII

## Hits

Se quebraron con la fuerza, las reglas son las reglas. El impacto duele, sigue presionando, tarde o temprano las palabras cambiarán.

No doblé las rodillas, sé de dónde vengo, mamá, hay un mejor camino, un mejor lugar.

No me arrepiento de nada, ya no hay vuelta atrás, con treinta y dos, sin opciones, ya me lo dirá.

Dispuesto con las manos al fuego por la escritura, del papel que el «Yo» mete la sazón.

A pico y pala se escucha, entre los escombros de las estructuras colapsadas, por fin ya la voz.

El cuerpo está decúbito supino sobre el diván. El lugar es amplio, la luz atraviesa el cristal, el espacio-tiempo está acompañado de porcelanato, un escritorio color wengué resistente a los embates de la indisciplina, una cómoda biblioteca con ingesta macrobiótica, Heas y un diván para operar el alma.

Detrás de las rejas que aprisionan el alma, suenan lamentos como la parafernalia: los pérfidos están en un recoveco. Se escuchan voces, pero en la antesala solo está el cuerpo humano esperando el turno siguiente de la sesión.

De entre las rejas sale un brazo a torcer, en silencio, junto a un disco en la mano que esculca lo que el ojo alcanza a ver. El cuerpo humano chifla a la longitud de cada trazo de un metro cuadrado, la materia, sobre el diván, hace varios gestos en el lenguaje de la motricidad, parece decir más en lo que expresa que el discurso hablado.

El alma sale al conteo, en formación, el líder de guardia asume la responsabilidad del orden y el número total de almas registradas. Salir es casi imposible, le llaman Alcatraz al cuerpo humano por ser la isla que corta las alas a los pelícanos que descienden a beber y comer del fuero interno.

# XIX

## Insomnio

Entre los ojos abiertos y cerrados el corazón comprime cada día: se ve pasar la vida, no es la mía.

Reticente de no saber si estar vivo o estar muerto, se tiene que entender que «el que va de fuego en fuego muere de frío», que la mejor defensa es una buena ofensiva y que el ambiente huele a alevosía. Pero dime ¿por qué el «Yo» no comprende?

Una mirada alrededor, las riquezas de las tierras que se queman por Seth y el calor. ¿O es que el perdón ya no es de corazón?

Siente cada texto e inhala el petricor. El pretexto es transformar el pensamiento, escribir y dejar de sangrar para ser libre como el viento a las orillas del mar.

¡Gracias, abuela!

Por no dejarme ser parte de ellos como el «Yo» quería ser.

Por cosas de la vida, hoy comienzo a crecer mejor que ayer y mañana, no lo sé.

Tengo seca la garganta porque tengo que beber el agua de los labios que eriza todo el ser, escucho para entender y ver para creer. El susurro de la ninfa es el lienzo de la piel.

Turba la casa y hereda el puro viento.

No sientas vértigo, no mires dónde estás ya que la muerte pronto va a llegar.

¡Vaya noche! Me he despertado sediento, tiritando con deseos de dar agua al sanitario, me pongo de pie, y en la zozobra del mar, inhalo y exhalo para pasar a estremecerme en la madrugada.

# XX

## Alexitímico

Pasan los minutos, la impaciencia tortura ¡no quiero nada! Pero tal vez busco algo.

A la puerta de mi alma le grita el exterior con tal estrépito que se estremece el «Yo».

El tiempo me apercolla porque no quiere esperar. De un lado para el otro sacio la sed de la arena que calcina los pies, con poesía.

Voy por el caudal en busca de la libertad, el calor derrite y las lágrimas se van, es la paradoja de la vida universal: se nace a vivir y se vive hasta morir.

No tengo miedo, pero tengo el anhelo de vivir por lo que amo, y morir por lo que tengo.

Comprendí que el amor es verdadero porque a puntas de caídas he besado el cielo.

En las nubes, en el trino de las aves, escribo la sonrisa que se pierde entre las sombras.

No lo hago para llamar la atención, le doy vida a todo el interior y sustancia al exterior para redimir con hechos el alma, y no solo con el perdón ya que he pecado con el corazón.

Atrapado, el alma, en el estrecho de la subjetividad, en las entrañas de Alcatraz, las dosis de la medicina han subido y han bajado como si de una montaña rusa se tratase ¡que pobre analogía! para describir lo sensual que se siente la dopamina cuando sale desnuda por el balcón a tomar aire.

Por momentos olvido asearme, y asirme fuerte de los asientos. ¿Quién, en el siglo XXII la era de la tecnología, es capaz de colocar el baño en un metro cuadrado sin espacio ni electricidad? Es una locura, los cabellos se desprenden del pecíolo como las hojas en el florecimiento de los guayacanes, es la naturaleza.

# XXI

¡No sé cómo expresar lo que siento, si no me comprendo!

Duele saber que no puedes ser el corazón que a su lado quiere florecer.

Le pido al cielo que me dé motivación, un día más que le grito al corazón. Me miro en el espejo y ya no sé quién soy.

Me asedian los problemas y no los puedo evitar. Se alimentan del aliento porque saben que no nací para servir, mucho menos para obligar.

Paulatinamente tuve que callar. Me susurran al oído: ¡vamos solo un día más! *take it easy!* ¡Porque todo va a llegar! ¡Autoconsciencia y te lo juro vencerás! Algo concreto, pero busco la verdad, en este plano lleno de banalidad donde miras fijamente y te apuñalan por detrás. Siendo la luna la que calma el sollozar.

No soy perfecto como el latido de tu pecho, si aparento que vuelo y finjo que camino. He lastimado a más de un ser querido y he querido morir en el exilio.

Sueño que te tengo, aunque no tengo tu calor. Yo solo espero por una vida mejor, malditas drogas no tenían la razón, pido perdón, pero ya todo es indeleble.

En trance, crucificado, la sangre escasea, la gota cae y recorre de las nubes a la superficie, como de una montaña a otra, de un arcoíris se trata. Desde la cúspide de las rocas, el cielo no parece imposible, es más, si las manos no estuvieran atadas y las piernas cautivas, de un salto se puede llegar a las puertas del maestro San Pedro solo con besar varios pies en la altura. Seguramente desde allí se puede observar los límites del cielo, y por encima, el vasto universo.

# XXII

## Samu Green

Tendido en el diván o caminando por la alameda, en este juego nadie aprende por cabeza ajena, después de todo el agua solo sigue en el caudal hasta dejar de ser solo el brazo de mar.

La levedad de los instintos me lleva a errar, cavilar no siempre es mi forma de pensar. Puedes llamarme fatuo, *mushpa* o como quieras nombrar, pero la vida, humana, es una sola y no la tengo que olvidar.

Trata la vida como si no se fuera a acabar, ama, respeta y dialoga, así como los niños en la época de navidad, así como los niños en la época de carnaval.

Se esconde bajo la oleada manta turbia del líquido vital, el tenue sonido que lleva hasta el origen de las voces, vientos más vívidos de lamento que se elevan al unísono desde aquella Gólgota ubicada por encima de las escaleras.

# XXIII

## El «Yo»

No sé por dónde comenzar ni cómo terminar entre sus piernas.

Cada momento es corto para disfrutar. Aprendo a volar sin dejar de caminar. Cada palabra la comienzo a estimular, tuve que bajar para poder calentar las odas.

Alquimia entre los poemas que comienza a flotar, por si las cenizas quieren volver a empezar.

Agradezco el volver a respirar, un día nuevo para batallar, contra pensamientos que quieren injuriar por un par de letras que no dejan de viajar.

Odas por el aire recitadas con el corazón, es el boleto que paga la vista sin temor, y en el universo pude ver el interior.

Ten confianza y no confíes en cualquiera, son las palabras de la voz y la experiencia.

La paciencia tendrá su recompensa, es un hecho que todo lo que envías siempre regresa.

Son estigmas de copiosa inteligencia que brillan en el cielo, la consciencia no está muerta.

Como si del último suspiro, cada bocanada aviva el fuego del carbón. Al parecer, sin puertas, ventanas, rendijas. Sin la mínima abertura observable, las partículas de polvo han ganado terreno, sin emplear la guerra, durante el descender de las escalas que llevan al inicio del fuego en el aparato psíquico.

# XXIV

## El «Otro»

Sentado en la playa como abeja en el panal, disfruta el «Yo» sembrando lo que un día va a florecer.

Son meteoritos que descienden por la piel, dejan un hoyo que amenaza a Lucifer.

Se escribe el oasis donde todo puede ser, donde el amor tiene que vencer, una paciencia que me enseñó a crecer, filosofía que tardé en comprender.

Tuve que caer para poder levantarme, algo sencillo que tardé en conquistar, ahora que la tengo no la pienso dejar, le escribo un par de letras al filo del volcán.

Abro los dedos y comienzo a despegar con los ojos que esnifan pura poesía que desnuda toda la piel, que abre hasta el alma y un niño me hace ser.

Le escribo a mi padre, aunque no me desee ver y lo abrazo con amor, aunque él no lo quiera sentir.

Se crispan los brazos y las piernas, se ha colonizado el templo por causa del libre albedrío. A tientas el cuerpo se va dejando el alma sola en la profundidad.

# XXV

## Consciencia

Sé que voy por un camino que absorbe sin piedad, «polvo eres y en polvo te convertirás», no hay nada que pensar, manos a la obra, lo aprendí de Karl Marx: la consciencia es el reflejo de la humanidad. Así que enciende ese cigarro que me quiero desplazar a «la tierra de nunca jamás».

Dime dónde y cuándo y solo acércate a leer cómo vuelo con el viento a las orillas del mar.

Soy Malcriadito, pero me tuve que formar, traigo bagajes en dialectos que te quieren rescatar como perla en el fondo del mar. Es mi delirio y me gusta cómo el río va, pues le apuntamos la particularidad a la desarticulación de los síntomas que hoy por hoy nadie quiere trabajar.

Deliberadamente la extremidad superior derecha del templo, como si tuviera vida propia, toma la saeta del suelo y la ensarta entre la tela del folio. Cada párrafo se enarbola hasta que precipitadamente la tinta cae, no hay remordimiento. Cae un rayo, eléctrico, directo a la saeta, el cuerpo es el que al final termina calcinado. Sin embargo, la vida quiso darme un par de tiempos extra, para vaciar y llenar de nuevo el vaso con el vino más añejo de paisajes que enamoran el alma.

Pasa «como Pedro por su casa» la oscuridad o parte de ella, que también brilla en la consciencia. Son los recuerdos, no es de valiente estar sin abrigo en el frío. Pongo en sacrificio las voces al dios del silencio para que no atormente el eco por las tierras del calvario.

# XXVI

Inteligible el vacío que siento, si me siento a pensar en el amor, en el sendero de la verdad y el dolor, donde la tentación me hace presa de su olor, por un sentimiento que genera una emoción, una conexión eferente del alrededor.

Un caramelo para pasar el mal sabor. Me regocijo en los versos de una flor, hago angelitos en un plano coronal, miro las estrellas y busco la ecuación para iluminar a todo el que no quiere ver.

Mi alma se fue a invernar en contra de la voluntad, llora a escondidas porque quiere la paz mundial, un juguetito difícil de alcanzar.

Se ha ido tantas veces el alma que a estas alturas es normal la presión del aire en el sujeto. En una ocasión similar, las voces comentaban al unísono: «eres el elegido», «fueron muchos los llamados y pocos los escogidos», «estás aquí porque hay una misión», «salvar el mundo durante la interlocución en el diván». Ve al oratorio, a encontrar paz, lleva lo que haga falta para ver directamente a los ojos al ser humano delante, asesinado y colgado como trofeo de animal en el zoológico.

En el tabernáculo están las Heas y hay sillas formadas en cuatro grupos, firmes, para contraatacar el «Yo» una detrás de otra.

# XXVII

## Resurrección

Entre pensamientos estoy buscando las palabras, el aliento de la vida y el futuro del mañana, ¿qué pasará?, depende de lo que se elija.

Voy por buen camino tropezando aquí en la vida, sangrando por las manos, buscando la salida a la vida, en la vida, la doncella más querida.

Odas que hacen vivir, el occiso y las manos del poeta para escribir.

La zona de los labios donde veo el sol nacer, tus caricias me enseñaron a ganar y no a perder, la vida es una sola, y no lo tengo que entender. El corazón camina porque vive por un ser, la sombra del cuerpo se pierde al anochecer, pero tarde o temprano todo vuelve a renacer.

La vida es esencial para el «Yo» poder crecer.

Comienzo a enlucir lo que nunca hice bien.

Golpeé a la pereza, pero no la asesiné.

Si caigo, me levanto, cara o sello ya no es.

Trabajo por lo mío y no tiene comparación, cada gota es el esfuerzo del sujeto al respirar. Sonrío cada día al acostarme y despertar, vivo cada noche como si fuera el final entre el recuerdo del mañana y olvidándome el ayer, jugando como niño sin perder la madurez, con el empuje del adolescente que mira con fe.

Bruces contra la sangre y escribo sin temor.

Fenómenos que brotan de la mente y sensación, cosas irreales cuando pierdo la emoción. Trato de cavilar para comenzar a hablar: el silencio es lo primero y segundo que verás.

Tira la piedra, pero no escondas la mano, lo bueno y lo malo se fueron a la basura, la vida es sagrada, como ella no hay ninguna.

Perdona la molestia, aquí no hay apariencia, voy a llegar a longevo riendo a mi manera. Memoria no perdida sobre un frasco de madera que asciende por el aire y luego a tu tatema.

Discierno con amor para contemplar amor, pues la oscuridad provoca que salga al exterior.

Una sonrisa recorre, en línea vertical, el estómago de manera repetida. La polución acerca más al vacío del acantilado. Los ojos que posee en las cuencas son de vidrio, el cuerpo que sostiene el alma es de cera y la sangre de Cristo, la única salida y entrada al templo.

¡Dios ha muerto! ¡Dios ha muerto!, grita un loco afuera del templo. De aspecto anticuado, con barba de leñador y de contextura fornida. Lleva consigo un triángulo musical pequeño, como el grano de la espiga que alimenta al pájaro que escapó de la trampa del cazador.

¿Qué le pasa, señor, para qué dice que Dios ha muerto? Estoy persuadiendo al tiempo para que él pueda escapar vivo, lo acabo de ver directo a los ojos, las manos lo asearon, sanaron y los oídos lo escucharon. Está detrás de las rejas.

El viejo sonríe despectivo, no da importancia y mirando de reojo, vuelve a gritar:

¡Dios ha muerto! ¡Dios ha muerto!

¿Quién es usted, señor?, identifíquese.

La memoria de un esquizofrénico, responde con tono de voz alto.

So, caballero, si es muy amable vaya un poco más allá, la verdad estoy paranoico y no he visto salir al amigo. La bulla desconcentra y las palabras mal empleadas llenan de miedo, es mejor que se retire por un corto periodo de tiempo hasta que podamos salir a la superficie, luego el vacío es suyo.

# XXVIII

## La adolescencia

Cuenta la noche, en el murmullo del silencio, cada anécdota que cala hasta los huesos. Imagino cosas que a veces no puedo, lo intento, por la escritura no me quedo, sigo respirando el aire que da la vida por eso a veces pienso que ya no hay salida.

La medicina sale con la luna, recorre por los raudales, lleva el líquido vital a todas las aldeas que están al paso en dirección descendente del valle. El medio de transporte lo lleva a cargo el cuerpo de amigos de cuatro patas, el comandante de incidente: la razón, el oficial de seguridad: el optimismo, y los operarios: la voluntad y la esperanza. Se hace para salvar la vida y redimir el alma. Gesto de buen gusto, dijo en algún momento el maestro Allan Kardec para referirse a los fines del espíritu. Sobre todo, si se habla de abnegación y disciplina a la vida.

Las apariencias son lo que parecen. Cierra los ojos y escucha el interior, hay un velo que recubre al «Yo». Está acervado en acepción. La libertad depende de lo material, dijo la mentira y también dijo la verdad. De lo que ves no te creas ni la mitad que en las alturas el vértigo es normal.

Toma la escritura, sujeta fuerte los textos, amarra a la cintura los párrafos y salta al vacío que las llamas vienen directas, está próximo a un choque frontal con posible colapso de las embarcaciones en alta mar. El camastro está intacto. Tiene manchas de sangre, las caderas siguen el movimiento de las olas del mar. Las esquinas han perdido los hilos vírgenes del cuadrilátero, una tela que ha perdido la guerra por amar a ciegas el tiempo. Es la única salida, la tirolesa.

# XXIX

## Disociación

Dicen que estoy loco por pensar como yo pienso. Con el amor, con el puro sentimiento. El sentimiento capaz de abrir las puertas de la vida con una vista al universo. Ya no hay opción. Esta es mi salvación. O mueres o te mueres o vives de corazón.

Cual alfarero aún no pierdo la devoción. Agradecido en el nombre de Dios. Son mariposas que vuelan en mi interior, corren por las venas y ahora salen en poesía.

Nunca perdí, aunque a veces me rendí gracias a una que otra maña que aprendí.

Desde el inicio hasta aquí desaprendí, porque lo que vi no sé si fue mejor o peor de lo que vine a descubrir, por eso muero ahora cada noche por el brillo del iris.

Sutil es el destino con su as bajo la manga. Juega *all in* y perdiendo gana. El tiempo es el recurso que no se reemplaza. La droga es el exilio donde vaga el alma. Y el lapicero es el cuchillo con el que la vida baila.

Bajo la luna se cierran los oídos de ver un corazón que se cae de su regazo.

Con las palabras ya no sé si existo.

Cautivo del dolor, no me reivindico. Morfina para este chico que no siente lo que ve, más tiene fe en lo que no logra ver, que escribe poesía porque sabe lo que es: el símbolo de volver a renacer.

Poco a poco cada folio que sobrevivió a las llamas del aparato psíquico, se guardó en una botella y se lanzó al océano antes de todo ser incinerado. Los bolsillos están vacíos. Sin embargo, el destino todavía se guarda en el filo de la pantaloneta, la moneda de plata que se rescató bajo los asientos de la barca. De forma persuasiva, la mirada, esperando el mínimo movimiento en falso, antes del primer parpadeo, se agachó a beber la plata. Nada sucedió en el instante entre las especies. Todo ya había pasado frente a las cuencas de Caronte.

# XXX

En el cantar de la voz de mi mamá. Entre las sombras chinescas de papá, nací llorando de felicidad. Fluyo por el río dejando fertilidad. Un manantial que da la inmortalidad, en una libreta que me lleva a soñar, en un placer que no lo puedo evitar: seducir a las palabras que me hacen desnudar.

La vida es la aguja en un pajar. Miro hacia el frente y valoro lo de atrás, puede ser que no vuelva a regresar, le escribo a la vida ¡gracias por esta amistad! Por los momentos que no voy a olvidar.

Brindo por haberte conocido, soledad, con tu fervor me enseñaste a valorar: la vida es un suspiro y tenemos que respirar.

Miro esas sonrisas y me vuelvo a enamorar. Mírame a los ojos no me niegues la verdad. Son sentimientos florecidos por versos que naufragaron contra el *iceberg* del ego.

Sigo siendo el mismo y no como aquel cuervo que está a la espera de que pierda el aliento. En el intento de tocar el cielo con los dedos, toqué sus manos y pude ver. Por eso hoy no me puedo detener.

¡Pum, pum! ¡Pum, pum!

—¡Soy la medicina!

—¿Qué necesita? ¿Se perdió algo?

—¡No! Por el contrario, dijo que tocara a la puerta, sin preguntas, sin nombres, sin promesas.

—¡Perdón! ¿De parte de quién?

—¡La medicina!

—¿En qué desea que la ayude?

—La señora ubicada en el rincón del fondo, con traje negro, tez clara, de labios rojos y hermosa sonrisa, me dio un encargo.

—¿Usted a quién busca?

—¡A Malcriadito!

—Él no está. Salió, quizás usted pueda encontrarlo más temprano, empero ¿conoce usted el aroma de la mañana en la ciudad de Loja, Ecuador?

—¡No!

—Bueno es difícil tener la convicción de si se está, en estos momentos, en el día o en la noche. Pero él llega con la pesca del ocaso, más o menos, cuando el viento sopla y el olfato está en posición vertical. Cuando los planetas dan luz y la estrella camina.

—Gracias. ¡No se preocupe! ¿Le puedo hacer una pregunta antes de partir?

—¡Claro!

—¿Por qué se esconde detrás de la puerta? ¿Se percató? No hay muros.

—¿Usted se percató que estaba haciendo lo que dijo que no haría? ¡Parece que no!

—He permanecido como el viento. Además, ¡usted se escucha como loco!

—¿Por qué? —contesté

—Porque no hay muros, en tal caso si llegaran los muros a mencionar alguna palabra, aún no me ha dicho su nombre.

—Pedro. Mucho gusto.

—Don Pedro, encantado, usted debe saber que si por algún motivo, sea el más mínimo, regreso con el paquete en la mano, la señora del fondo será quién venga.

—¿Quién es la señora? —pregunté.

—Poco importa quién es. Tiene varias formas, la mejor, es bella. No hay mujer en la historia más hermosa que ella. Todas las culturas la han amado y adorado durante milenios. Donde pasa está, y por dónde camina, todo lo verde lo seca. ¡Entiende por qué tengo que entregar el paquete en las manos a Malcriadito!

—¡No, no lo entiendo! Aquí todo es oscuro ¿qué puede estar más seco que la forma sin color?

—El trabajo y las reglas sin sentido. Déjame ir con las manos vacías. Ten el paquete y haz como si Malcriadito lo hubiera recibido con las propias manos, del resto el «Yo» encargó sola la dádiva.

—No me parece, será mejor que se vayan o voy a marcar el 911 —contesté.

# XXXI

## Filibustero

Siento un vacío cuando no lo expreso.

Siento frío cuando el alma está encadenada. A pesar de que la veo, no lo logro ver. Soy selectivo como el tiempo y las cosas de ayer.

Sin querer aprendí a amar la verdad, necesitaba haber guerra para que haya paz.

Cambié las cosas de lugar, la mirada diferente hace respirar. De afuera hacia adentro te lo juro no se va a notar. Pero hace mucho que dejé de buscar el sendero en el camino de los demás y entre los sietes mares me atreví a navegar.

Filibustero por ser la luna y no el mar.

Amante de la adrenalina y una mujer, nada más.

Dueño de errores y de faltas ortográficas que han formado el carácter, para no llorar a menos que el corazón quiera dialogar. Escucho, desde adentro, es la voz de mi mamá. Y cómo dice: «Kaze, soy el faro que aguanta las olas de su mar».

Desde la ocasión, a la vida, no la he vuelto a perder, la tengo amarrada desde el cuello, segura con un collar y un bozal que la libra de los malos hábitos. No obstante, la naturaleza de la alegría es capaz de hacer llover al corazón más duro:

—¡Baila! ¡Baila! ¡Baila! ¡Baila! ¡Baila! ¡Baila! ¡Baila! ¡Baila! ¡Baila! ¡Baila! ¡Baila! ¡Baila! ¡Baila! ¡Baila! ¡Baila! ¡Baila! ¡Baila! ¡Baila! ¡Baila! ¡Baila! ¡Baila! (Pin, pan, pum) ¡jajajaja! ¡Jajajaja! ¡Se cayó! ¡Qué tonto! ¡No eres de aquí! ¿Qué pasó?

—¡Me golpeé el dedo meñique del pie derecho y perdí el equilibrio!

—¡Bailas muy chistoso!

—Gracias por el destello, ¿baile? ¿Qué baile? estoy desorientado. Busco la dirección que lleve a la tirolesa. Tropecé y perdí el horizonte. ¿Puede indicarme, si es tan amable, hacia dónde se fueron las voces?

—Lo siento, la desorientación llamó mucho la atención, por un momento creí que estaba bailando. No había voces, solo estaba animando a seguir bailando.

—¡No, las voces se escuchan! ¡Sentí miedo! Decían: «Da cinco pasos hacia el norte, da un paso hacia el sur, tres pasos hacia el este y un paso hacia el oeste, ¡de frente! ¡Mar!». Mientras avanzaba todas las voces hablaron al mismo tiempo. Gracias a usted estoy con dolor, pero sentado, y lo mejor, el golpe parece haber emulado el rugido del león, las voces salieron corriendo como hiénidos dejando polvo.

—¿De qué? La intención nunca fue ayudarte.

—Sí, pero «el infierno está lleno de buenas intenciones». Y usted sigue aquí y ellas no.

# XXXII

## Un lapicero, una pluma y un cuaderno

Tengo un bucle de ambiciones, tengo cosas por hacer, promesas por cumplir y libros por escribir que sonarán hasta el más allá.

Llegué un poco tarde, pero lo que tarda bueno es, o eso dicen por allí.

Madrugo cada día para no poder dormir.

Adicto a esta mierda solamente con un *hit*.

Salgo para la calle sin saber qué va a pasar, me encomiendo a Dios porque nunca supe cómo orar. El eco de mamá me acompaña al caminar cuando el «Yo» no tiene fuerza de voluntad.

Comprendí que la vida es natural y que el amor se va a disipar como el humo de un cigarro en el área prefrontal.

Mi educación antes de hablar y unas palabras antes de apuntar.

Es la catarsis la que me va a salvar de este agujero laguna mental.

Un lapicero, una pluma y un cuaderno, es la barca en la que me muevo, y la pluma para taconear mi perro. Porque la tinta se está acabando.

## Genius, el genio de los III deseos

### Deseo

Es indubitable, el «Yo» no elige dónde nacer.

El heraldo de estas palabras muestra cómo la bandida tormenta, quiso apagar la llama del corazón a través de las temples ideas egocentradas. Paulatinamente, las ideas exiliaron el alma al desoír del instinto: el cuerpo fenece ante el irrisorio acaecer del escindido musitar de la evolución cognitiva. Voces internas que se apoderaron de la voluntad hasta autoproclamarse caudillos, reinan en la vida más no la vida misma.

## Deseo I

Deseo haber nacido en este humo, inasible, carente de materia.

Con una peculiar voz agrietada bufa Genius ante la petición.

Antes de salir del cerebro y concebir los tres deseos, el cráneo que encierra la magia se había perdido debajo del cielo, en el año de diciembre de 1994 junto con la desaparición del maestro Jacobo Grinberg, es hasta la actualidad, noviembre del año 2023, que nuevamente se habla de la aparición, en tierras de América, al sur del sur, en un pedacito del cielo, de la piedra filosofal, la cual contiene un Genius en el interior, con la capacidad de rejuvenecer el cuerpo humano y enaltecer el alma.

Es un deseo osado, trae consigo un sinsentido, amargo, debido a la sedición que tiene la especie humana, por naturaleza, al orden. No obstante, no hay mejor lugar para el alma que la pureza del cuerpo y la mente del *homo sapiens*.

Arqueo las cejas y finjo estar circunspecto frente al espejo, con voz de volumen medio para que no se escuche la música fuera del baño, canto, bebo una ligera exhalación y pregunto: ¿qué es el tiempo para usted?

No lo sé, ¡tampoco importa! solo deseo llenar con poemas lo que hoy está vacío y en algún momento estará lleno de vida para el alma.

¿Qué es lo que no está lleno? ¿Y cómo el poemario podrá llenar lo que está vacío?

El cuerpo está recibiendo una descarga eléctrica, se crispa la paciencia y las palabras enardecen a pasos cualitativamente de un estado taciturno a un estado visceral hasta perder los cabales, pienso: eres un vil fanfarrón Genius, la boca está llena de falacias. Yo te encontré, y por encontrarte sin buscar prometiste tres deseos para ser libre y lo único que has hecho hasta ahora es intoxicar el cuerpo con lo que sale de la boca. No lo sé, respondo.

La lluvia purifica la mente y le da salud al cuerpo. El alma está muriendo con la salvedad del cuerpo que no estás aprovechando, el asir de las ideas es necesario para llorar, el soltar es necesario para que el alma pueda vivir, contesta Genius.

## Deseo II

Deseo desarrollar las Heas que permitan operar el alma, abrir el corazón del hombre contemporáneo y salvar la humanidad del infierno.

Los dejos amargos que siguen a la vida se exprimen, doblando las ideas, hasta la última gota de la voz. El atavío ropaje de la magia onírica, en el sueño, el inconsciente, recita la retahíla de emociones inusuales como la necesidad al desear guerra para que haya paz.

Pregunté con tono imperioso: ¿qué desea usted?

Farfulló Genius:

El silencio prolonga los segundos distanciados por milésimas, si la tentación persuade y los impulsos arcaicos se manifiestan, la vida arderá en llamas.

El deseo tiene para el alma un valor inconmensurable, genio. Manifesté.

El aparato psíquico está lleno de retazos de tela, y solo el atisbo del instinto palpita como el pulso vive para respirar. En cambio, se puede evitar el desdén de los anhelos más estrafalarios, seccionando las ideas. Del mango toma el cuchillo y corta la idea en pequeños fragmentos de fácil uso para cavilar.

Hay un pequeño recoveco lúgubre, en el alma de Ecuador, que en variadas ocasiones tentó a las almas durante la comunión con Dios. El artilugio que se utilizó para tentar a las almas fue el miedo a desarrollar la personalidad. Los pocos que logran sobrevivir a los impulsos, entre los variados climas de la cosmovisión occidental, sufren la metamorfosis de la consciencia, gala que llega por casualidad humana, no por obra y gracia de Dios.

El odre que lleva el tiempo, da la impresión de alguien inexperto. El alma posee en la sangre la sabiduría para hacer germinar nuevos surcos y de absorber e integrar momentos significativos en el aparato psíquico de generación en generación. Entre la operación, la idea, la atmósfera se va tornando oscura y tenebrosa.

Desde el Alfa y el Omega la vida del ser humano es un lío, allí el desorden es el orden, dentro, perder la cordura es más sencillo que atar el nudo de un par de zapatos. Allí todo está dicho y casi nada está hecho, allí las hileras anudan el encuentro a la laxitud de los extremos de un pasador. La seda que recubre los pasillos de la piel tiene la historia. Tiene un inicio, un nudo y un desenlace que se repite con diferentes actores. El «Yo» ha pasado por las curvas, se ha hecho adicto al sendero y al derrape de las caderas.

Allí nada tiene sentido, pero todo tiene coherencia. Allí la naturaleza es causalidad. La vida se gusta de perder en los desmanes y sobre las hebras de Damasco. La idea es adicta de llegar, sin una sustancia, a la euforia solamente en estados de melancolía. Allí el alma llega cuando no tiene que llegar y la vida se va cuando no se tiene que ir. Es más sencillo buscar una entrada y una llave que una salida en el laberinto del aparato psíquico, allí todo parece estar extraviado, pero nada está perdido.

Allí donde todo está dicho y casi nada está hecho, nada tiene sentido y todo tiene coherencia.

## Deseo III

La sonrisa, llena la inmensidad.

Te precipitaste a venir. Silencio. No voy a mentir. Te esperaba, pero la llegada cayó como balde con agua fría. No voy a mentir, la confianza ebria de la convicción no desea preparar algo de cenar para la bienvenida. Estoy muy apenado por la imprudencia.

Asaltas deliberadamente, con las manos vacías el alma. Parece falacia, ayer o hace poco anhelaba la llegada a Dios con todo el corazón, hoy o en este momento deseo que hayas encontrado las palabras del alma y los bolsillos llenos en cada poema para la vida.

No voy a mentir. Silencio. Al final, de todo, solo hay carne, huesos y un montón de epístolas. Imaginar esto hace estremecer el estómago, al igual que la brisa de las mañanas de verano en los jardines de Aranjuez, Madrid, hacen erizar la piel. Así de molesto y cálido es el delirio de la memoria de un esquizofrénico.

No voy a mentir. En el fondo deseo enfrentar, como un caballero, la vida en honor a la beldad, con respeto y con educación. Pero traicionan los nervios pese a la convicción: el cuerpo se mueve y gira sobre el propio eje. Que contradictorio. Silencio. Una gama de emociones en diferentes niveles invade el cuerpo. Es indispensable tomar aire para dar una mejor respuesta: respirar y calmar el sistema nervioso simpático. Sé que no hay tiempo, silencio, en este momento el alma no es tiempo perdido. Tengo las manos y los bolsillos llenos. Tengo un lapicero de color azul y unas cuantas hojas arrugadas de papel.

Silencio. Con el lapicero puedo cortar el viento. Con las hojas de papel puedo hacer aviones, barcos y naves. También, el lapicero lo puedo utilizar de remo para navegar por si hay que naufragar por los siete mares.

Desde hace unos minutos atrás el miocardio dejó de correr, el cuerpo se cayó a consecuencia de haber corrido en círculos. Siento mucho mejor al mirar el vacío. El lapsus, que se lee, no es en vano. Silencio. Tomar aire permite saciar la calma, así como volver a ser amo y dueño de la voluntad. No voy a mentir, silencio. Tengo debilidades y fortalezas, tengo voluntad, junto a ella la esperanza y la capacidad de autorregulación, y para cerrar con broche de oro, las epístolas como prueba de que controlo al miedo y al dolor que aleja del infierno, con poesía que sana y le da vida al sujeto.

Bienvenido al calor del magma que presenta el aparato psíquico, aprendamos juntos que las palabras rompen los cristales del silencio. Cuidado, te cortas.

En el discurso escrito el sujeto deja el vestido de óleo color negro para ser el folio en color blanco. El aparato psíquico tapiza el suelo y adorna las paredes de la celda incinerada. Hay un oasis en el desierto. Una flor en el invierno. Musitó la consciencia.

# XXXIII

## Impacto literario

Nunca perdí, siempre aprendí, o eso me digo para no perder la razón.

El soliloquio se ha hecho el pan de cada día, hay palabras que no encajan, pero me gusta la escritura, no hay para qué mentir. Solo hay tierra árida para sembrar. La locura aquí te quiere atornillar y los pájaros a las escopetas (pam pam).

Saca la roja que corremos en diagonal, de esta manera al cerebro lo hago ejercitar.

La verdad no sé a dónde vaya a llegar ¿vale la pena? solo el tiempo lo dirá. Por lo pronto el clima ha variado un poco más, y los expertos dicen que no lloverá. Ojo al piojo, es una aguja en un pajar en las deudas con la vida aún me falta por pagar.

Tengo familia, amigos, hermanos y muchas más ganas de rendirme y no avanzar. Cada paso es el plomazo de Jaques Lacan, en la clínica analítica pude encontrar significantes con los que aprendí a bailar, al ritmo del sentido de la vida como el maestro Viktor Frankl.

Las despedidas aún no las puedo superar por eso en cada viaje no me vas a encontrar.

Entre más inclinado esté el cerro, más cuesta abajo hay que seguir ¡escuchas! Marca el terreno en el galope del caballo: turuntuntunturun, turuntuntunturun, turuntuntunturun, turuntuntunturun. Las huellas pasan, date prisa antes que el viento sople sobre ellas y el camino se pierda. Que la música sea el aliento del sujeto aun en el momento de apagar la luz del templo.

La imaginación trata de atrapar el alma como un gallinero a la gallina hasta aprender a marcar, con los dedos, una línea horizontal sobre el suelo de arena, y con las manos lanzar con puntería a la distancia, la canica al centro de la moña. En sintaxis el «Yo» entiende que no es necesario correr para atrapar la gallina. De un solo golpe, prudente, las esferas se reparten por fuera del círculo. Cada canica forma parte de la mano del escritor.

Desde las mayúsculas hasta las minúsculas. Desde lo más amplio del contenido transcrito en el poemario hasta lo más estrecho del mismo. Desde lo más alto de la portada hasta lo más mínimo de la obra de arte. Tiene un límite. El resto por sí sola, la naturaleza se cuenta el chiste.

## Ser humano

Estoy sanando las heridas y aprendiendo a olvidar.

Volando como un folio rumbo a la libertad.

Quiero ser como el árbol que se puede cosechar, aquel naranjo junto a la orilla del caudal.

El ego va con los pies descalzos al cadalso. Arrastra cadenas, la sentencia provisional se pagó con monedas de oro. Solo hay pocas en el mundo: varias monedas lleva en forma de pago, Caronte, el barquero. Las otras las tiene el verdugo, el mar, y la arena en las entrañas.

¿Qué hay de honor en estar amarrado con las manos hacia el cielo y clavado en la pared? ¿Qué hay de dignidad de morir sin propósito?

Está, el ego, subiendo al cadalso porque la naturaleza devora el alma como un león hambriento. Es fuerte y tiene agallas. ¡Escuchas cómo ríe ante la muerte! Para él, el óbito es una dádiva. Es Valhala. Un reencuentro con el ser. Manifiesta el comandante del incidente (B) Javier Astudillo, ante el siniestro presentado en el aparato psíquico.

Escucha, los carroñeros levantan el polvo en el vuelo al desplegar las alas. La carne del ego es como la piel del león de Nemea. Difícil de penetrar. Míralo directo a los ojos y dale la dignidad que le corresponde por ser la herencia cognitiva evolucionada de todas las especies inferiores al *homo sapiens*. Deja que muera como el guerrero del alma, y que la sangre sea a millares surgir.

¡Bang!

## El ecosistema mixto

Había una vez un estanque maravilloso al sur de Latinoamérica, lleno de hermosa flora y fauna. Entre las especies que habitan estaba Rinus, la rana; Llorón, el pez, y Lucy, la luciérnaga.

Rinus, la rana, deseaba desde lo más profundo del corazón el estanque para él. Un día llevado por la envidia desalojó a todos los animales del estanque con las manos y diciendo:

—¡Ahora todo el ecosistema pertenece a los anfibios! ¡Largo! ¡Largo! ¡Fuera de mi estanque!

Lanzó rocas al paso, golpeó al resto de especies y echó basura al estanque. En otro ángulo, Lucy, la luciérnaga, dentro de zinnia, pecorea recolectando néctar como en todas las primaveras del día en el alba. De pronto, al recibir un golpe en la cabeza de una roca, cae del folio al suelo. Rápidamente se pone de pie, ve contaminado el estanque, para lo que exclamó:

—Del estanque no hay un solo dueño, nuestros ancestros crecieron y murieron en este lugar. Todo existe por naturaleza, las especies que cohabitan en el estanque le dan vida al ecosistema. Sin la flora y la fauna, la vida es lo menos importante.

Rinus, la rana, al escuchar la fuerza del viento contrario, a Lucy, la luciérnaga, echó a reír a carcajadas:

—Croar, croar, croar. ¡No te metas en lo que no te incumbe, lucecita!

Ofendida, con justa razón, por el golpe de la roca en la cabeza, por el rayón en la hoja y la manera despectiva de hablar hacia los amigos, Lucy, olvidó que también los croac son parte del ecosistema.

Por otro lado, Llorón, el pez, enojado, triste, indignado y con miedo por la basura que está contaminando la vida del estanque, buscó la idea de solucionar juntos el problema tomando un poco de agua.

—Glup, glup, glup —respiró, pensó y dijo—: Amigos, ¿les parece si damos una solución al desdén que acaece y de paso limpiamos el estanque? La vida en las profundidades está siendo afectada por el exterior, si el agua llega a contaminarse no habrá líquido vital para alimentar la vida, todo muere sin el agua.

—Excelente idea, Llorón, el pez, ¿te parece si echamos un panal de abejas directo hacia la cabeza de Rinus? —contestó de manera tácita Lucy.

—Muy buena idea, Lucy, la luciérnaga, estoy seguro de que con tal estruendo saldrá brincando a saltos gigantescos Rinus, la rana. Sin embargo, ¿qué sucede con las abejas? ¿Dónde irán a resguardarse por la lluvia? —volvió a empatizar con preguntas Llorón.

La voz de Rinus por el ecosistema ya había corrido «dando la vuelta a la manzana»: a la flora y fauna del estanque y los alrededores los terminó sacando el desdén acaecido por la rana, excepto a dos especies de naturaleza diferente: Lucy, la luciérnaga, y Llorón, el pez.

En tono tembloroso, con la realidad frente a los ojos y conteniendo el aire, Lucy reformuló la pregunta a Llorón, en esta ocasión, intranquila a la luz intermitente del candil que lleva Rinus entre las manos, el cual quema el hogar de la vida silvestre.

—¿Qué hacemos, Llorón, el pez?

En tono agudo y seguro manifestó Llorón desde el estanque:

—La mejor estrategia es la que se puede dar en cohesión. Debe velar las necesidades para toda la flora y la fauna del ecosistema. Incluso hasta fuera de él, en el exterior.

—Croar, croar, croar, croar, croar, croar —gozaba Rinus a carcajada suelta mientras las membranas destruyen, en cada brinco, lo que la naturaleza edifica para el alma, el ecosistema mixto.

Con la mirada fija hacia Rinus preguntó Llorón:

—¿Para qué haces daño a la flora y la fauna del estanque? ¡No dañes y eches del hábitat que por derecho pertenece a las especies del lugar! ¿Para qué te haces daño? En cohesión con todas las especies, la vida crece por naturaleza. Además, hemos aprendido con Lucy, la luciérnaga, que eres una de muchas otras especies, la más indispensable para la vida. Asimismo, que hay un gran poder en el interior, el cual radica en tu naturaleza. Destruir el lugar no dará más poder del que ya posees. Todo lo contrario, amigo, no podrás nadar en el estanque producto de la contaminación, no tendrás reino que gobernar porque ya no hay un hogar, con el tiempo, sin la flora y la fauna fenece el espacio. Todo habrá sido en vano, la familia, los ancestros, el futuro, y lo más importante, lo que estás llevando a cabo en estos momentos ¡sería un desperdicio! Lo que se conoce se habrá extinto. No servirá de nada poner el bienestar de la vida en riesgo dando saltos con el candil en las manos sin un fin. Nuestros antepasados son la prueba más objetiva. Es mejor que calmemos las llamas de la emoción, respira.

Lucy, la luciérnaga, asintió con la cabeza mientras recordaba en silencio las palabras de la abeja reina: la naturaleza se da gracias a las diferentes especies en cohesión dentro del ecosistema. Pensó en los croac que en algún momento habían frenado la plaga a punto de destruir el alimento por el que se alimenta hoy en día la colmena. Y preguntó:

—¿Qué le ha pasado al corazón para que te sientas indignado, enojado, triste y con miedo? Si hace poco las membranas daban grandes saltos, eran tan altos que la altura llegaba a tocar el cielo, ahora los saltos son tan pequeños como la altura del grano de los arrozales ¿dónde estás, amigo? ¿Te quedaste arriba, sigues aquí o te perdiste en la pequeñez?

Rinus, la rana, hace tiempo solía jugar con Llorón, el pez, y Lucy, la luciérnaga. No existió hasta el momento una manada similar, estaba conformada por especies de distinto linaje filogenético. Eran muy buenos amigos pese a que no existió una relación entre ellos. Solían hablar, entre sus especies, sobre lo interesante que puede llegar a ser la naturaleza y sus diferencias.

Llorón, el pez, durante la cena, en las profundidades del mar, solía dialogar con el cardumen sobre las cualidades de los anfibios, las luciérnagas, los peces, entre otras especies. Rinus, la rana, tiene la capacidad de proteger de las plagas. Solía saltar y jugar entre las flores sobre la superficie del estanque. Y cómo Lucy, la luciérnaga, solía cantar la dulce miel de las abejas con bonitos zumbidos.

En el ecosistema el clima varía. En la costa hace sol y llueve constantemente. El día puede estar cubierto por la luz del sol y estar cargado de nubes. También puede llover en un extremo del día y en el otro costado no. Ambos fenómenos naturales se presentan en un pedacito del cielo al mismo tiempo.

En el estanque, cierto día, el sol observa detenidamente desde tempranas horas de la mañana el ecosistema mixto. El sistema solar, la Tierra, como los otros hogares con el mismo cielo, tiene un agrado muy especial para el alma, cuenta con vida.

Aquel día, el día de la amistad, un pedacito del cielo está llorando. Las especies por inercia cada quién a lo suyo. El clima es habitual, difícil pensar algo distinto, la costumbre hace una raya en el suelo y la gallina no se mueve. El león en sosiego bebe del agua del estanque, el cocodrilo tiene los ojos entre la superficie y dentro del agua, nada se permuta fuera de lo común.

Rinus estaba protegiendo el estanque con la lengua viscoelástica, arma heredada de generación en generación. De pronto, escuchó un pequeño ruido distinto al habitual que llamó la atención. En la batalla contra los que intentan apoderarse del estanque gusta de escuchar entre los dientes el crujido de las plagas que atemorizan el ecosistema, «ojo por ojo y membrana por membrana» solía tener como filosofía cada vez que se alimentaba. Sin embargo, el día de la amistad, el sonido no provenía de la comida, era un pez que durante la cena del cocodrilo cayó fuera del plato, a pocas membranas del estanque.

En un primer momento, Rinus intentó comerse el pez, no lo pudo tragar de golpe por lo que fue sencillo escupir la ambrosía.

En el exterior del estanque, en la delgada y acuosa saliva se retuerce Llorón. Cerca del lugar, en la jara, Lucy estaba recolectando néctar y llevando el polen, el sacudón hizo que las patas dejen lo necesario. Cada vez en cuando solían suceder actos similares, nada fuera de lo habitual, dejaba lo suficiente de las flores y regresaba a la colmena, acabando el día de recolectar.

Rinus dio, en un segundo momento, media vuelta y antes de alejarse quiso por impulso volver a tragar a Llorón: abrió la boca, sacó la lengua y trató de engullir el pez nuevamente, en repetidas ocasiones. Llorón estaba chapoteando en saliva. A diferencia del primer intento, en esta ocasión no fue posible atrapar o llegar a alcanzar el pez para llevar el alimento a la boca.

Lucy, la luciérnaga, de regreso a la colmena, la ciudad de las abejas, en el aire observó lo inusual jamás visto. La abeja reina ya había contado historias de cómo sus antepasados eran devorados por los anfibios, Lucy era consciente que Rinus, o su especie, si tiene hambre podría ser ella el plato principal de la cena. A lo lejos divisó cómo Rinus estaba jugando con Llorón a «brincar la antena».

Durante toda la vida a Lucy no se le había presentado a los ojos algo distinto a la monotonía. En el tiempo de existencia, Lucy, con el buche vacío, iba y regresaba a la colmena de manera repetida luego de besar el néctar de las flores. Sin embargo, al regresar a la colmena, sin ánimos, irritada, enojada, observó como Llorón era el peor para jugar «a brincar la antena», al acercarse con alegría, emocionada, olvidó cuál es su especie y el peligro que corre ante otros depredadores por su tamaño. Sin pensar, descendió por la resbaladera del viento a la fuerza de la gravedad hasta el espacio de juego.

Mientras tanto, Rinus intentaba atrapar con la lengua a Llorón. Lucy llegó al sitio, se interpuso entre la lengua y el pez, y dijo:

—¿Una pregunta? ¿Puedo jugar? El pez parece cansado y en la colmena soy la mejor para jugar a «brincar la antena».

De manera instintiva, Rinus, la rana, extenuado porque el alimento no se dejaba engullir, escuchó un agudo zumbido de insecto (zzzz). La lengua salió a una velocidad sorprendente para atrapar el bocadillo que estaba volando sobre el plato con la cena que no se deja ingerir.

—¡Croar!

El primer lengüetazo, directo hacia Lucy en comparación con los intentos de atrapar el pez en repetidas ocasiones, dio directo en el ojo, golpe que hizo despertar del coma a Llorón.

—Te lo dije, soy hábil (zzzz) —manifestó Lucy.

El segundo lengüetazo dio directo al ojo del pez. Nuevamente, Lucy saltó a la velocidad que va la lengua con un sonrisa en los labios (zzzz).

El golpe que recibió Llorón lo elevó con la saliva pegajosa de regreso al estanque. Lucy, que casi es engullida, se salvó por una antena de quedar fuera del juego.

Lucy, la luciérnaga, salta y sonríe de alegría. Además, el golpe con el agua hizo que el corazón de Llorón volviera a latir.

Rinus dio un tercer lengüetazo, un cuarto, quinto, sexto, séptimo, octavo, noveno y un último décimo lengüetazo. La rana, alzó los ojos, arqueó las cejas y cerró la boca:

—Una pequeña abeja está brincando sobre el plato con la cena.

Cansado debido a los intentos fracasados de llevar la ambrosía del plato al estómago y hacer de ella el alimento, una noche amena, natural. Rinus, la rana, se quedó en silencio observando cómo la presa había llegado a la locura.

—Soy volador, el juego se suele dar en compañía de las abejas, en momentos de ocio. Jamás pensé que los anfibios eran capaces de convivir con los peces, los depredadores del estanque. Pero que sepan ambas culturas el mismo comportamiento lúdico para la estructura de una colmena, me sorprende —dijo en tono jadeante Lucy a Rinus, agitada por jugar a «brincar la antena».

Llorón, antes de sumergirse a las profundidades del estanque, observa como un pequeño insecto ha salvado la vida de fenecer por asfixia en el estómago de Rinus. En primera instancia, toma aire, expande la boca, y cierra y abre los opérculos. Por último, se ventilan las branquias.

En cambio, Lucy, mientras juega gira la cabeza, tórax y abdomen hacia Llorón. Al mismo tiempo las miradas se cruzan y dos sonrisas de por medio para luego perderse en el fondo del agua y el cansancio.

El día de la amistad, Rinus cerró la boca, levantó el labio superior y a fuerza de voluntad hizo un gesto con una sonrisa de admiración para el poder que tiene la vida, incluso en las especies menos favorecidas, en un ambiente lleno de depredadores y presas.

Un pequeño insecto con el valor de salvar otra especie con mayor masa, peso, altura, enfrentarse cara a cara con el depredador y salir victorioso del encuentro, es de admirar, pensó Rinus.

De vuelta al presente, Rinus disminuyó la velocidad del salto por unos segundos, análogo a las palabras asertivas, con galletas de empatía que se calcinan a la puerta del horno. No contestó a ninguna pregunta, luego siguió brincando a la misma velocidad de la voz por el estanque que dio «la vuelta a la manzana».

Una lágrima cayó de los ojos, el viento la llevó consigo hasta el recuerdo, otra lágrima hasta el sentimiento, otra lágrima hasta la emoción y otra lágrima hasta provocar un aluvión en alguna parte del estanque.

Seguro de haber dejado a Llorón y a Lucy muy pero muy detrás del camino, Rinus en ese momento paró, agotado por los desmanes que dio al dar la vuelta al estanque. Cayó rendido a las faldas de doña dolor y culpa. Recordó cómo días anteriores el reflejo del agua, durante la luna, le había mostrado el rostro de lo que sería el porvenir del futuro.

Rinus, la rana, solía navegar sobre el «mordisco de rana» por el estanque, en soledad gustaba perderse con la luna, hábito que después del relevo de la guardia para proteger el ecosistema daba en el silencio de la tranquilidad.

La noche transcurría por el estanque cuando de pronto apareció el reflejo de un rostro en el agua, Rinus dio una mirada hacia la palma que sostiene la hoja, un brinco lo hizo caer al agua, el reflejo de la imagen.

Amado lector, la parábola no tiene un fin. Está escrita por el alma de Sean Dylan Alejandro Schuldt a la edad de 7 años. En ella la Nada es entendida como la naturaleza de los objetos, y el Todo como la proyección del «Yo». Es decir, sin la Nada el Todo no puede existir. No obstante, la Nada vive independiente del tiempo o la historia del «Yo».

## El Alma y el «Yo»

El siguiente código QR como su enlace neuronal de Spotify es la prueba objetiva de la existencia de la personalidad como también de la transformación que le precede desde el objeto biológico, condicionado por el alma, y que por naturaleza dialéctica le otorga al sujeto una cultura que tiende al desarrollo humano en el siglo XXI.

Como ya se mencionó, la escritura es uno de los muchos medios existentes en la vida humana para atravesar el mar hacia el centro de la tierra con el fin de modificar el movimiento de la conducta. La música es otro de los tantos medios por el cual el ser humano puede viajar sin pasaporte a los confines de la psiquis. La presente odisea se narra por la travesía de varios sujetos para llegar a su propia alma, ordenar el caos y hacer surgir la personalidad.

Parafraseando las palabras del maestro Zaratustra, el ser humano debe tender por naturaleza al superhombre caso contrario será simplemente un chimpancé que cuelga sobre una cuerda floja como un bufón.

La elaboración de la red neuronal del Alma y el «Yo» está llevada por guerreros que emergieron en una cultura occidental, tiempo y voluntad del «Yo». Su destino o desarrollo está sujeto a morir en el intento en honor al «Yo». Un claro ejemplo, amado lector, fue el maestro Sócrates. Solo un loco de remate, similar a él, puede llegar a creer que existe algo más allá de los sentidos, como la justicia. Muere con una sonrisa besando a la cicuta con el último aliento y calor en los labios.

Los temas son maravillosos, su frescura está implícita en los discursos en forma de imagen auditiva. Por tal motivo, el alma de los sujetos cuya personalidad está plasmada en cada estrofa de los presentes textos líricos es un delirio que sostiene al ser humano. La idea de perder la confianza, pero no la fe.

## El «Yo»

Estoy rebién: cuelgo solo de un hilo, abro los brazos
para no caer al precipicio.
Pensando también que todo puede ir mejor, alucinando
que el amor tocó el corazón y que las paredes ya no tienen
explicación, si las palabras se pintaron luego del horror.
Los niños ya no juegan, ya no creen en el dolor. Por la
izquierda solo te juego de marcador. La derecha limpia por
respeto a la nación, abnegación y disciplina dice mi instructor,
con mi esperanza negra una cachorra de color.
A pico y pala se escucha, por fin, ya la voz.

www.ingramcontent.com/pod-product-compliance
Lightning Source LLC
LaVergne TN
LVHW091110150826
845673LV00002B/773

*9786125142535*